U0044527

ST警視廳科學特搜班

——

為朝傳說殺人檔案

目次

ST警視廳科學特搜班——為朝傳說殺人檔案

1

「雨好大啊……」

柏葉清把俗稱「6．5」的黑色橡膠製潛水衣扔進洗衣場的清水裡，對有田浩人說話。

有田正在為下午潛水的客人要用的氣瓶充氣。似乎是壓縮機的聲音讓他沒聽清楚。

「什麼？」

「雨啊。」

「哦……」

有田抬頭看。院子裡搭建的木造露台也好，小木屋也好，全都被雨打濕了。

柏葉在伊豆大島開潛水店時，原本只有後面那間辦公室。寬敞的木製露台和氣派的原木屋，都是柏葉與工作人員親手搭建的。

木製露台已經傷痕累累，曾經美麗的原木屋也有了歲月的痕跡。

柏葉所經營的「幸運草潛水屋」，在伊豆大島是極受歡迎的潛水店，回頭客也很多。但進入梅雨季的這個時期生意相當清淡。

伊豆大島的最佳潛水季節其實是秋天到入冬時分。夏天時海水的能見度很差，而且正值昆布生長期，海況不佳。海水的溫度變化比氣溫晚兩個月，也就是說，即使到了十月，水溫仍一定程度維持著八月蓄積的熱度。

一下雨，河川的濁流便灌入海中，海水立刻混濁得連一公尺能見度都不到，潛水人將這個狀態稱為「味噌湯」。

梅雨時期的海象尤其差。

上午的能見度就已經相當糟了。柏葉猶豫著要不要中止下午的潛水。為安全起見，必須避免讓客人在視野不佳的海中潛水。

上午的收拾工作完成，正準備離開原木屋的時候，警笛聲響起。是救護車和警車的警笛聲。

「幸運草潛水屋」位於大島北部。附近有「秋濱」、「野田濱」、

「KEIKAI」這些潛點，柏葉主要是使用這三個地方。警笛聲是從串起這些潛點的海岸通傳來的。

難道是潛水人出了事？——這是柏葉的第一個念頭。

潛水是意外事故相對較少的海上運動。如果不是太亂來，性命交關的意外不會發生。

事實上，柏葉從事潛水導遊多年，一次意外都沒有發生過。然而，他並不是沒有見過意外。

他聽到停車的聲音，便朝原木屋後的馬路看。是「幸運草潛水屋」的廂型車。

本來去潛水看海象的荻原浩志跳下廂型車小跑步過來。年輕的荻原臉色反常地發青。

「怎麼了？」柏葉問道。

「好像是野田濱那裡出事了。」

柏葉立刻走向廂型車。

「去看看。」

原先的猶豫因此而有了結論。

他對有田說：「下午的潛水中止。」

荻原再次發動廂型車。

柏葉坐在前座。開車一下就到了野田濱，一駛近海邊，只見海岸通已經聚集了人群。警車和救護車也停在一旁。

「是潛水同好嗎？」柏葉問荻原。

「我猜是。」

雨勢變大了。

往下朝海岸看，只見救護隊員正在進行心肺復甦術。

看那個樣子，是沒救了……。

柏葉心裡這麼想。本來是希望能盡點棉薄之力才過來的，但看來似乎沒有在地潛水人幫得上忙的地方了。

「回去吧。」

柏葉坐進了廂型車的前座。荻原默默發動車子駛離現場。

到了當天傍晚，鄉公所的朋友打電話來，柏葉才了解詳情。果然是潛水意外。出事的潛水人沒能救回來。

喪生的潛水人不是客人，而是教練。是本土的潛水店組團來的。聽到這一點時，柏葉鬆了一口氣。因為他慶幸不是客人。

若客人不幸喪生，將會是導遊和教練不能承受之重。

死了一個人，當然是件大事。但死的人是誰，後續的影響截然不同。若是客人意外死亡，事情將演變為教練和導遊的生計問題。柏葉自己就認識一個同行，由於出過事，無法再擔任休閒潛水教練，只好去當護岸工程和海底清潔的潛水作業員。

死因目前還不清楚。屍體要在元町的醫院驗屍之後，再運送回本土。

「既然是教練，應該是專業的啊？怎麼會出事？」柏葉對著電話另一頭的朋友說。

「任何人都難保不會出意外。更何況是對野田濱不熟的本土潛水人。」

每當有潛水人喪生，柏葉都會感到萬分沉痛。

「他是一個人去潛水嗎？」

「好像是。聽說是為了導遊而先去探路。卻因為下雨，海水變得很濁……」

除非是熟悉地形的當地導遊，否則狀況相當危險——朋友是這個意思吧。

「要是有詳細的消息，再告訴我。」

「好。那先這樣。」

電話掛了。

第二天，這起意外只在報紙的社會版出現了小小一欄。電視則是午間新聞報導過一次而已。至少，柏葉只看到這麼一次。

東京電視台，一般簡稱東視的會議室裡，《兩點看世界》節目正在進行午餐會報。

主任製作人中田幸祐說：「那麼，剩下的就交給瀨戶村先生……。老樣子，麻煩了。」

他身著三件式西裝，領帶花俏。五十四歲的他，已經有個不小的鮪魚肚，似乎也很在意日漸稀薄的髮絲。結果，中田CP只在會議開頭時露個面，就不知去向了。

這是慣例。

永島龍彥偷看了瀨戶村英明的表情。瀨戶村板著一張臉，只微微點了一個頭。

主持人瀨戶村英明雖然五十六歲了，但與中田CP形成對照，身材維持得不錯，頭髮也還很茂密。儘管已冒出白髮，但也懂得運用這些白髮展現熟男魅力。

出席會議的，還有擔任助理主持人的自由播報員小西律子，以及當天的名嘴，與兩名導播。

名嘴名叫野口春男，頭銜是非小說類作家。但永島從來沒在書店看過他的書，倒是常看他在幾個電視節目出現。

野口年紀約五十歲左右，但外表顯得相當年輕，說起話來十分輕快，又有幽默感，相當受到主婦喜愛。

瀨戶村英明曾是某電視台的主播，約滿後獲邀主持夜間新聞性節目。靈活的節目風格與簡潔易懂的解說使他風靡一時，但後來各電視台的夜間新聞紛紛因收視不振而收棚，瀨戶村負責的新聞性節目也停播了。

瀨戶村英明與該電視台結束合作。然後，成為東視這年四月起開播的午間娛樂生活節目《兩點看世界》的主持人。

瀨戶村所屬的經紀公司「柏德事務所」很久以前就在檯面下進行交涉了。實際上的窗口是永島。

永島曾經待過東視的新聞部，被瀨戶村挖角進了「柏德事務所」。在做夜間新聞性節目時，由於是新聞部的節目，永島對於採訪的態度一如他性格般相當硬派。

如今，永島完全被當成瀨戶村的經紀人。

瀨戶村板著臉看著今天的項目表：「這是什麼？伊豆大島的潛水意外

……」

聽到瀨戶村這麼說，兩名導播立刻抬起頭來。他們面對瀨戶村總是戰戰兢兢，提心吊膽。

「那是昨天的新聞。」楠田進導播語帶保留地說：「接下來就是戶外活動的季節，想藉此提醒觀眾留意戶外活動安全……」

「你以為主婦會對這種話題感興趣？播娛樂新聞不就好了？」

永島心想：不妙。

瀨戶村打從心底瞧不起午間娛樂生活節目，所以才會有這類發言。而這會打擊工作人員的士氣。

這個節目本來就是瀨戶村一個人說了算。而條件，是中田CP答應的。本來是希望瀨戶村可以好好發揮在夜間新聞性節目裡磨練出來的本事，但現在怎麼看，都感覺是把一切責任全都丟給了「柏德事務所」。

「有什麼關係。」小西律子說：「現在也來不及抽掉成別的新聞了。」

只有她，敢完全不顧慮瀨戶村的心情。

小西律子也曾是東京某主要電視台旗下的主播。去年約滿，被邀請來這個節目。

她有著一頭俏麗短髮和一張人見人愛的臉蛋，被女主播迷們稱為療癒系，但其實個性強悍。

永島倒是認為女主播沒有不任性、不凶悍的。儘管是因為主播的工作繁重又競爭激烈，個性溫吞的人做不來，但一天到晚被捧在手心，對自己的實力和魅力不免過度自信了。

現在，瀨戶村正積極說服小西律子加入「柏德事務所」。她知道瀨戶村很中意自己，說話才敢這麼不客氣。

「別鬧了，這可是我的節目。」瀨戶村說：「我對潛水一無所知，要怎麼評論？」

接著，名嘴野口春男說話了：「我在沖繩潛過水……不過只是體驗就是了。我可以評論啊。」

瀨戶村瞪了野口一眼。

「體驗潛水，能派上什麼用場？」

「可以豐富話題啊。只要說，在休閒娛樂之際更應該注意安全什麼的就行了……」

「那個……」剛才說過話的楠田導播又開口了：「那不是一般意外，還和大島譜系有關……」

瀨戶村瞪著楠田。

「大島譜系是什麼鬼……」

「剛才，九州傳來最新消息，說奄美大島的加計呂麻也發生了海上意外。」

「也是潛水嗎？」

「是的……」

「伊豆大島和奄美大島的潛水意外。」瀨戶村嘆了一口氣：「這是繞口令嗎，觀眾會嗤之以鼻吧。」

「呃，我本來也是這麼想的，可是……是他說，難道是為朝嗎……」

楠田以姆指指著另一位導播。他比三十五歲的楠田小兩歲，名叫加島伸幸。戴著眼鏡，一副文青樣。

「為朝是什麼東西？」瀨戶村盯著加島問。

加島緊張得不得了，臉色慘白。

「呃，是那個……源為朝。」

「源為朝……？我只知道賴朝或義經……」

瀨戶村的臉還是一樣臭。

加島頻頻以食指推眼鏡，那是他緊張時的毛病。

「源為朝算起來是賴朝和義經的叔叔。他是神射手，在伊豆諸島、奄美大島和沖繩這些地方留下了傳說，被瀧澤馬琴拿來作為《椿說弓張月》的題材。」

對了，聽說加島在大學裡唸的是日本歷史。但是，只是因為伊豆大島和奄美大島不巧連續發生潛水意外，就要和源為朝的傳說扯在一起，怎麼想都太誇張。

永島還在這麼想的時候，瀨戶村說話了：

「那是實際存在的歷史人物吧？既然能被寫成故事留下傳說，可見還算有名……」

「很有名啊。伊豆大島和沖繩還有祭祀為朝的神社。」

「哦……」

「那個……。其實最早提起的是中田CP。他看著送來的影片，咕噥著說這是為朝嘛。一開始我也沒聽懂，但很快就想到了。」

「這倒是挺有意思的。」

永島吃了一驚，說道：「瀨哥……你該不會是想把那兩件潛水意外結合為朝傳說來播報吧？」

「永島，這種事，誰會動腦誰就贏了。這兩則新聞都播過了嗎？」

楠田導播回答：「報紙只做一般報導。電視台只有午間新聞簡單提一下而已。」

「其他電視台呢？」

「也差不多。」

「很好，這就表示誰也沒有注意到。好，今天的節目稍微提一下就好。緊急調查源為朝的相關資料。有影片最好，沒有的話用圖卡或什麼的都可以，做個可以上鏡的。等原稿出來了，小律就照著唸。」

「請考慮一下意外死亡的死者家屬。」永島說：「不可以用半娛樂的心態來報導意外。」

「半娛樂？」瀨戶村的嗓門大了起來：「我隨時都是認真的。引起觀眾的興趣比什麼都重要。午間的娛樂新聞，收視率再高也就是個位數，我現在說的是，我要超過二位數。」

在做夜間新聞性節目的時候，瀨戶村從來不提收視率。然而，自從主持午間娛樂生活節目之後，就開始在意數字。

或許是新聞部製作的夜間新聞性節目能給瀨戶村帶來額外的成就感。然而，在生活資訊部所製作的娛樂性節目裡，除了收視率，他不知道還能堅持什麼。

「今天只要稍微提一提。總之，一定要在還沒有任何人注意到的時候搶先播出才有意義。等今天節目一結束，就立刻飛往當地。所幸今天是星期五，週末沒有節目。要在星期一之前帶回有趣的報導。」

「不可能有什麼有趣的報導的，」永島反射性地說：「這一定是純屬偶然。播了只會丟臉。」

「永島，你什麼時候敢這樣跟我講話了？別說了，叫你做什麼你就去做。週末你要也去，知道了嗎。」

現在沒時間爭論，節目就要播出了。接著眾人便依照項目表討論了閣員的爭議性發言、啃老族問題和訪問潮流新店等話題之後，會議便結束了。

到了正式播出，瀨戶村便快活得判若兩人。

過去，他從開會就很快活。

這是由於他喜歡的是新聞部的硬派節目，目前的節目滿足不了他也許是理所當然的。

永島很清楚這一點，因此覺得瀨戶村值得同情。然而，東視的工作人員應該是不爽到極點。

節目一結束，或許是情緒亢奮的關係，瀨戶村通常心情都會變好。到時候再和他談一次採訪的事吧。永島一邊想一邊看著螢幕裡滿面笑容、活力十足地說著話的瀨戶村。

2

節目於四點直播完畢。正如永島所料，瀨戶村處於輕微的躁症狀態。要跟他談，現在是唯一的機會。

「瀨戶村先生，可以借用你一點時間嗎？」

「什麼事？」

「採訪的事，你該不會是認真的吧？」

「你在說什麼啊。我已經在今天的節目裡向觀眾說了，事到如今還能回頭嗎？」

「恰好相反啊。現在收手的話，損傷比較小。再繼續下去，會難以收拾的。」

「有時候會有意想不到的收穫。」

「這樣能盡到媒體的社會責任嗎？」

「媒體的社會責任？我說你啊，我們又不是在做新聞節目。這是娛樂節目。」

這個人的觀念有問題。

本來，不管是新聞部做的節目還是生活資訊部做的節目，都必須是同質的才對。

總之，必須阻止為朝傳說的採訪。永島仍在思考怎麼說服瀨戶村時，中田主任製作人走過來。

「我在副控室看到了。」

永島懷著期待，希望中田能給點忠告。主任製作人說出來的話，瀨戶村也不得不考慮吧。

中田那張因為打高爾夫球而曬黑的臉，流露出無聲的笑容。

「瀨戶村先生，很有一手嘛。為朝傳說，應該不會那樣就結束了吧？」

「要追追看。」瀨戶村心情好極了：「觀眾，尤其是女性，對詛咒之類的最沒有抵抗力了。」

「反應好的話，我幫你談主要時段的特別節目。」

「我要先派人去採訪喲。」

「OK。」中田看了看錶：「我們這就去喝個啤酒討論一下吧？如何？」

太陽都還沒下山，但這群人毫無顧忌。

「我沒問題啊。」

中田也找了小西律子：「小律也一起來吧？如何？」

律子滿臉堆笑地說：「我的榮幸。」

如果對方不是製作人，絕對看不到這張笑臉。

「我就不用了吧？」野口春男說：「又不是我去採訪……」

中田主任製作人趕緊說：「野口先生如果有時間也請陪我們一下。我們也想借重你的智慧啊。」

不愧是能當上主任製作人的人，果然會做人。

野口以一副煞有介事的神情回答：「我雖然有事要忙，不過一個小時還可以。」

中田命楠田和加島兩位導播訂好附近一家義式餐廳的包廂。那家餐廳他們常用來開會。

酒一下肚，瀨戶村的心情就更好了。

小西律子坐在中田和瀨戶村中間，左右逢迎。她是不會和導播等現場工作人員去吃飯的。

若不是瀨戶村和中田，永島也沒有機會和她一起喝上一杯。她是《兩點看世界》的公主。

討論由瀨戶村主導。

「必須到出事的現場去。也就是說，最少也要分兩組人馬。費用方面沒問題吧？」

中田大方點頭。

「沒問題。兩組人馬是嗎，要是需要轉播，也可以叫分局準備……」

「不用，目前還不需要轉播。」

永島大驚。

目前還不需要，意思是說，瀨戶村往後有意動用轉播。永島環視出席這次討論的人。

瀨戶村，中田主任製作人，小西律子，以及楠田、加島兩名導播，還有非小說類作家野口春男。

再加上永島，總共七人。這麼多明白事理的大人在一起，竟然沒有一個人提出反對意見。

永島覺得不可思議。

楠田和加島在立場上也許不敢反對。事情畢竟是節目的招牌人物提出來的，主任製作人也一副興致勃勃的樣子。

問題是小西律子和野口春男。尤其是野口，他的立場不需為收視率負責，而且又是肩負社會道德的名嘴。

還是非得我開口不可嗎……。

永島邊陷入憂鬱邊開口：「請問……兩位應該不是真的認為那兩件意外和源為朝有關聯吧？」

瀨戶村與中田同時看向永島。

中田說：「我認為是很有趣的著眼點啊。有什麼問題嗎？永島。」

「不，我不是指著眼點。事情不就只是伊豆大島和奄美大島相繼發生潛水意外而已嗎？」

「事情需要新的解釋和著眼點。」瀨戶村說：「這也是媒體的使命，不能只是新聞稿唸一唸就算了。你要知道，第四台也開始數位播放了。還有衛星電視BS和CS，也有電視節目已經在做網路播出。我們必須在這當中闖出一條生路。」

瀨戶村的話題有點偏了，但他的語氣很有說服力。

中田也贊同：「無線電視當大王的時代或許已經結束了。曾經，找一群人氣歌手上歌唱節目就穩賺收視率；也曾經，找偶像當主角拍片就成為話題。後來，黃金時段由綜藝節目獨霸，但如今，綜藝節目也玩到頂了。觀眾隨時都想看新的東西。」

「中田先生，您的意思我明白。可是，現在這個和您說的又是不同的兩件事。」

「哪裡不同？」中田說：「《兩點看世界》必須拉抬收視，否則撐不到十月。」

這句話，對在場的每一個人都帶來衝擊。

瀨戶村說：「意思是，也有可能不等節目重整就停播？」

「這件事你們別說出去，現在有別的製作小組在提案了。我們必須拿出好成績。都特地請瀨戶村先生來助陣卻停播，對我而言也很沒面子。」

「可是……」永島說：「也不能因為這樣就播放虛構故事。」

「哪裡虛構了？」瀨戶村說：「伊豆大島和奄美大島發生潛水意外是事實。而伊豆大島和奄美大島有源為朝的傳說也是事實不是嗎？雙方都是事實。

哪來的虛構？」

「把這兩者結合起來不算虛構嗎？」

「把潛水意外當成楔子不就好了。」

一直沒有參與討論的野口春男開口了。

永島不禁反問：「楔子？」

「對。這是非小說類寫作常用的方式，以某件事為楔子，往下挖掘其他的事實。有時候會挖出意外的東西。」

「對極了！」瀨戶村說：「就是這個啊。我們現在需要的，就是這非小說類的寫作方式。」

「雖然不是事實，但有些方法還是能夠引起社會現象。」年輕的加島導播說。

他伸出手指推了眼鏡。可見在這群人當中發言讓他很緊張。

瀨戶村問：「什麼方法？」

「在網路上製造話題。像是在綜合討論區網站之類的板上貼文，寫一些為朝傳說和死亡意外的關聯，一定會有人覺得好玩而把這件事傳開來。這麼一來，事情一下子就會在網路上傳開。」

「這個主意不錯。」瀨戶村說：「但是，不能由節目相關人員直接去寫，要找別人寫。這件事就交給加島了，沒問題吧？」

「啊……好的。」

「這不也是一種作假嗎？」永島這麼說。

誰料，瀨戶村嘲笑他：「你怎麼還自以為是在新聞部啊。你要知道，電視的資訊或多或少都是加過油添過醋的。類戲劇片段就是箇中之最，就算是依事實重拍一樣不真實。」

節目的招牌主持人和主任製作人都說「要做」了，永島認為再抵抗也是枉然。

中田那句「收視再不改善，節目就可能停播」，令人感到無力。然而，為朝傳說能拉抬收視嗎？永島很懷疑。

「還有哪些地方有為朝傳說？」

「伊豆諸島的御藏島。」加島回答：「還有沖繩今歸仁村的運天港和中城……」

「伊豆大島那一組有可能也到御藏島嗎？」

加島立刻回答：「要視天氣而定，有直昇機。」

「從奄美大島到沖繩呢？」

「一天有一班直航。或者先到鹿兒島再飛那霸也可以。」

「那麼，伊豆大島那一組跑御藏島，奄美大島那一組再多跑沖繩就不是不可能的了？」

加島含糊地點頭：「嗯，這個嘛……。可是，考慮到編輯等作業時間，可能很勉強……。而且現在是梅雨季，天氣不穩定。天氣不好大島的航班就會停駛。」

瀨戶村陷入沉思。

加島說的合情合理。光是六、日兩天採訪，要趕上星期一的播出，在時間上是不可能的。

「這次，去出事的伊豆大島和奄美大島就好了吧？」中田主任製作人說：「另外再派特派員去御藏島和沖繩。採訪結果也不必一定要在星期一播出。這麼一來，話題也能多延燒一陣子吧？」

「我希望最好是讓觀眾看到棚內主播到現場。所以，我想現場能拍到小律是最理想的。」

「哪裡我都去。」小西律子說：「只有外景特派員在報導，很沒意思嘛。」

瀨戶村滿意地點頭。

這時候，野口春男說話了：「我也跟著去採訪好了……」

永島吃了一驚，看向野口。

名嘴配合採訪，這種事前所未聞。

野口繼續說：「我一直想去一次奄美大島。出事的是加計呂麻島吧？我很有興趣。二戰快結束時，特攻用的魚雷艇的基地就蓋在那座島上。」

「島尾敏雄是吧？」加島導播說。

野口哦的一聲，以佩服的表情看著加島。

「你懂得不少啊。」

加島害臊般伸手指推了眼鏡。

「那是什麼……」瀨戶村不高興地問。這兩人竟知道自己不知道的事，影響了他的興致。

瀨戶村絕非一個努力吸收知識的人。他只不過是吸取「柏德事務所」和節日的工作人員拚命查來的資訊中最精華的部分而已。

但這樣就足夠他作為一個電視主播，因此不知不覺間產生了自己博學多聞的錯覺。當別人提起自己不知道的話題，心情就會很差。

野口對瀨戶村說明：

「他是一個作家啊。本來是橫濱人，戰時擔任震洋特攻隊的指揮官，前往奄美大島的加計呂麻島赴任。他的文學主要有兩大部分，一是這場戰爭的體驗，再來就是為精神疾病所苦的妻子和家人。」

「震洋特攻隊？」

「就是在木造小船的船頭裝上炸彈去撞敵艦。」

「奄美大島有過那種東西?」

「喂喂,這是常識吧。」

野口毫不掩飾他的優越感。

永島捏了一把冷汗,只怕瀨戶村隨時都會鬧脾氣。

然而,意外的是,瀨戶村竟露出從容的笑容。

「很好啊。野口先生願意去的話,會讓觀眾覺得我們整個節目都很投入這次報導。那麼,就由野口先生負責奄美大島那邊的報導,小律就負責伊豆大島。」

野口忽然一臉失望。為了不被人發現,故意用力點頭。

永島心想:原來如此。

義正辭嚴說什麼島尾敏雄,但野口的目的其實是小西律子。也許他本來打算的是藉由一起去採訪,拉近與她的距離。旅途中也有可能發生各種事。他大概抱著這樣的期待吧。

然而瀨戶村看出來了。

的確，小西律子的外表極具魅力。皮膚白，又花了不少心思在髮型和服裝上，讓自己看起來清新脫俗。而且，胸部又很有料。她之所以受歡迎，便是來自於天使面孔魔鬼身材的對比。

想一親芳澤的男性應該不少，不止野口而已。

之前幾乎沒有發言的楠田導播說道：「意外現場的影片我們已經收集了不少。不如把這部分交給特派員，請小西小姐和野口先生飛往其他地點，會不會比較好？」

瀨戶村大出意外般地看著楠田。

「你說的其他地點，是指御藏島和沖繩嗎……」

「是啊。這樣節目也比較好做。只有伊豆大島和奄美大島的話，很難理解為朝傳說的全貌。這次的企畫，重點就是要讓觀眾實際感受到為朝傳說。所以，節目的代表人物飛往其他據點會更有說服力。」

楠田的資歷比加島多兩年。永島向來認為就一個電視台的導播而言，他是個很沉著的人。

雖然不是愛出風頭的類型，但在關鍵時刻常會提出寶貴的意見。

「這個嘛……」瀨戶村思索著說：「這也不失為一個想法……」

「無論如何，小律最好是去交通方便的地方。」中田說：「星期一直播的時候她不在攝影棚就開天窗了。」

「這樣的話，就是比較近的御藏島了……」

瀨戶村這麼說，但加島搖頭。

「其實不是的。就像我剛才說的，御藏島要經由大島才能去，容易受到天氣影響。大島的航班常停駛，況且現在是梅雨季，風險很大，很有可能去得成卻回不來。就交通方面，到沖繩一天就有好幾班直航。」

「原來如此……」瀨戶村說：「那好，小律就去沖繩。野口先生則是伊豆大島、御藏島，可以嗎？你本來是想去奄美大島的吧？」

野口面有難色。肯定是在想自己先前說錯話了。

「沒辦法，哪裡我都去。君子一言既出，駟馬難追。」

就實際問題而言，野口並非每天都上節目。名嘴有兩人，視兩人的時間輪流演出。

即使野口無法在星期一之前回來，也不至於造成太大的問題。

「再來就是兩位導播要去哪裡的問題了……」瀨戶村說：「應該選對當地比較有概念的。」

楠田說：「沖繩我去過幾次。」

瀨戶村點點頭。

「好。那麼，楠田和小律到沖繩，加島和野口先生到伊豆大島和御藏島。永島，你和飛奄美大島的特派員一起。有問題嗎？」

所有人分別低聲表示同意。

既然要去，就去詳細調查奄美大島的意外吧。也許還有沒有查明的事實。

永島這麼想著。

第二天早上，永島與特派員一起飛到奄美大島。特派員是「柏德事務所」旗下的藝人，名叫元宮沙織，二十五歲。

她不是綜藝咖，本來是展場主持人、小模。

她想當女主播，也取得了天氣預報員資格，之前曾在晨間新聞節目當過「氣象主播」。

元宮沙織與小西律子形成對照，她是苗條修長的模特兒體型，一雙大眼睛令人印象深刻。

「聽說小西小姐是飛沖繩？」

在飛機上，元宮沙織說。

「是啊。楠田導播跟她一起。」

「問你喔，聽說瀨戶村先生在追小西小姐，是真的嗎？」

「我對男女之間的八卦沒興趣。」

「不是啦，我是說，他是不是想把小西小姐拉進『柏德事務所』。」

「喔，也許吧。小西小姐大概也有這個意思吧。」

「要是她來了，我就更沒有出頭的機會了……」

「沒這回事。妳們各有所長。」

話是這麼說，但永島認為元宮沙織的擔憂其來有自。

「開什麼玩笑。」元宮沙織自言自語般地說：「這樣機會不就越來越少……」

她以盛怒眼神看著窗外。永島對她的表情暗自吃驚。

奄美大島已經迎接盛夏。

他們在名瀨包租計程車前往古仁屋，要從那裡搭渡輪往奄美大島南方的加計呂麻島。

雖然是座小島，但島上多山。

發生意外的，是瀨戶內町的一家潛水店。

永島操作攝影機，由元宮沙織訪問。

老闆的頭髮都曬得褪色了，一看即知是千錘百鍊的潛水人。當然，他情緒非常低落。

「發生意外，對潛水店是最丟臉的事。當然，在潛水前，我們都會請客人簽切結書，發生什麼事都需自行負責。可是，店裡的責任還是很大。」

據老闆說，發生意外的潛水人是個老手，經常單獨下水進行海底攝影。只是年紀已經不算年輕，血壓又高。他本人絲毫不以為意，但結果卻因此喪命。

他喝酒喝到深夜，隔天一大清早就去潛水。對身體健康的人而言，這也是相當吃力。

老闆說，他恐怕是在水中失去意識的。

採訪完老闆，他們前往意外現場。

元宮沙織挑布料少的衣服穿，以胸口開得很大的T恤搭配小熱褲。

岩石在海面上冒出來，那一帶據說是潛點。海水又藍又清澈，帶著些許綠色。

好美的海域。如果不是為了採訪意外，就能盡情欣賞這片美景了——永島心想。

他們一直採訪到傍晚，太陽下山後才收工。

明天必須進行為朝傳說的採訪。瀧澤馬琴的《椿說弓張月》中提到了加計呂麻島與為朝傳說的關聯，必須調查當地是否還流傳著這個傳說。

他們在預約的民宿辦了入住手續。

永島不介意住更平民一點的民宿，但考慮到元宮沙織，才決定住高級一點的民宿。

他可受不了女生為了住宿的事大發牢騷。

旅途的疲累讓他睡得很沉。

一大清早，永島被手機響起的鈴聲叫醒。這時還不到七點。

是瀨戶村打來的。

「喂，不得了了。」

「怎麼了嗎？」

「小律死了。」

一瞬間，永島聽不懂他說了什麼。

「什麼？」

「小西律子死了。今天一大早，有人發現了她的屍體。」

頭腦終於開始運作。衝擊晚了一步才來襲。

顧不得採訪了。

3

位於警視廳科學搜查研究所的ST室的門開啟，菊川吾郎走了進來。

菊川是本廳刑事部搜查一課的警部補。這個從基層幹起的四十五歲刑警，一看就是個頑固的中年人。

「要去伊豆大島囉。」

菊川劈頭就說。

警視廳科學特搜小組，通稱ST的組長百合根友久吃了一驚。

「什麼事？怎麼會突然就……」

「為朝傳說。你知道的吧，警部大人。」

菊川總是稱百合根為警部大人，現在已形同綽號了。剛認識那時候，本來是用來揶揄高考出身的精英警官百合根的，但不知不覺已叫成習慣。

一進ST室右手邊就是青山翔的座位。

青山說道：「是那個潛水意外吧？」

青山的辦公桌亂得可怕。沒有任何一份文件呈同一個角度。各個角度堆疊而成的文件、檔案、書籍，已成為一種裝置藝術——百合根這麼認為。

亂歸亂，卻很乾淨。其實根本一塵不染。

這是秩序恐懼症。據說他在整理得有條有理的地方會非常不安，本人則說這是極度潔癖的反彈。

在這張雜亂到了極點的辦公桌前，坐著貌美驚人的青山。雖然是一副奇異的景象，但百合根已經習慣了。

青山負責鑑定文件。他是心理分析的專家，專長是人物側寫。

「沒錯。」菊川說：「六月二十二日上午伊豆大島發生了潛水意外。教練單獨潛水時意外死亡。第二天，換成奄美大島發生潛水意外。這次也是單獨潛水，據說是資深潛水好手。然後，對此進行相關採訪的東京電視台的女主播，被人發現死在沖繩今歸仁的運天港。據信這是意外死亡。」

「已經驗過屍，那就不用我出馬了。」

赤城左門以低沉響亮的聲音說道。

青山的隔壁是空桌。由於文件檔案從青山的辦公桌蔓延而出，沒有人肯坐這個位子。

再過去，也就是從百合根的角度看過去左鄰的桌位，便是赤城的位子。赤城是法醫學專家，擁有醫師執照。

他照常一臉鬍渣，頭髮也亂得恰到好處。但這在他身上一點都不顯得邋遢，反而散發出男性的性感魅力。

「別這麼說啊。現在，這三起意外已經是媒體的話題。不過事情是死在沖繩的那位女主播負責的午間八卦節目起的頭……」

「我知道啊。」青山說：「《兩點看世界》對吧？」

「可是……」百合根問：「為什麼要找ST……」

菊川皺起眉頭。

「在與為朝傳說有淵緣的地方發生了三起意外。對，怎麼想都應該是巧合，但這在社會上形成了不小的話題。本廳不能視而不見，只是，又不能為了這種程度的事出動調查員，所以就想請ST出馬。」

「謠言不出七十五日……」結城翠說：「不理會的話，過一陣子大家就忘得一乾二淨了吧？」

身為物理專員的她，座位在百合根右側那列辦公桌的正中央。一如往常戴著防噪耳機。

她的聽力驚人，不這麼做會聽到所有聲音，連別人電話裡的內容都能聽得一清二楚。

翠在室內總是戴著耳機，這是為了保護她自己，也是為了保護別人的隱私。

橘色的露肩平口上衣，再加上短得嚇人的白裙，一身打扮十分養眼。她有嚴重的幽閉恐懼症，穿著如此清涼也是這個緣故。

即使戴著防噪耳機，她也能和別人正常交談。
菊川瞄了翠一眼：「是真的有人死了，所以話不能這麼說。」
「出事的是伊豆大島、奄美大島，再加上沖繩……」在翠的右邊，也就是坐在百合根右手邊位子的山吹才藏以平和的語氣說：「這就意味著，我們也必須到奄美大島和沖繩去了？」
山吹是化學第二專員，是藥品專家，但他家裡是曹洞宗的寺院，他本身也具有僧籍。
菊川回答山吹的問題：
「首先要去伊豆大島，那裡是警視廳的轄區。看了他們調查的結果，才知道有沒有必要去奄美大島和沖繩。」
百合根覺得事有蹊蹺。
簡單地綜合菊川的話，社會紛傳三起意外與為朝傳說有關，這次的工作是對此進行調查。既然如此，只調查其中的一起並沒有意義。
彷彿感應到百合根的疑問般，菊川說：

「總之，只要做出警方調查過的樣子就好。就像結城說的，謠言很快就會被遺忘。但如果放任不管，要是有什麼模仿犯、愉快犯群起效尤就麻煩了。所以必須有所行動，但又不能真的回應這類帶有超自然意味的事。」

「原來如此……」青山說：「刑警們是認為，這種事派ST去就對了。」

菊川臉色更難看了。

「別抱怨啊，這也是工作。」

「我沒抱怨啊。可是，既然是工作，就得拿出像樣的結果。」

「我已經說過了，不需要結果。因為已經確定是意外了。」

「是嗎？」赤城盯著菊川說：「我可沒看到驗屍報告或死亡診斷書。」

「是意外沒錯。單獨去潛水，死了才被發現。」

「解剖了嗎？」

「沒有。你也知道非自然死亡的解剖率實際上不到兩成吧。」

「容我以法醫學的觀點來說，不解剖根本不會知道真正的死因。」

「從現場的狀況和目擊者的證詞，明顯是意外。所以應該是沒有解剖的必要吧。」

「屍體呢？」

「大體已經火化了。」

「所以是火葬？」

「對。」

「我剛也說了，既然這樣我去了也沒有意義。」

「我也幫不上忙。」翠說：「意外現場也沒有保存下來吧？現在去還能調查什麼？」

「所以我說，只要製造出有去調查的事實就好。只要提出報告就可以。」

官僚作風。

百合根這麼想。但警視廳確實是一個公家機關，也許這也無可厚非。

首先，一定是叫他們調查為朝傳說與三起意外的關係。結論不用調查也知道——只能說「無關」。

百合根朝黑崎勇治看去。這位化學第一專員、分析化學物質的專家，坐在翠旁邊的位子。他的話少得驚人，幾乎不開口。長長的頭髮在腦後紮成一束，外表極具野武士風格，實際上黑崎深得好幾項古武道的真傳。

他的嗅覺極其靈敏，能夠以嗅覺分辨極細微的化學物質。警視廳科學搜查研究所的同事都稱他為「人肉氣相層析儀」。

黑崎注意到百合根的視線，微微聳聳肩。表示他也不感興趣。

「警部大人，」菊川說：「你跟他們這幾個說說警察該怎麼當。以警察的立場，由不得他們任性說要去不去。一旦接到命令，就只能去執行任務。」

百合根暗自嘆了一口氣。

「菊川先生說的對。」

赤城看著百合根。百合根提心吊膽，以為他會反駁。

「既然是頭兒的命令，那麼我去。」赤城說：「但是，我真的派不上用場。」

「別這麼說，請你向救護隊員和開死亡證明的醫生談談。」百合根說：

「可能有些事實是專家才會發現的。」

赤城就此沒有再開口。

「關於沖繩的意外……」山吹說：「不必出差也能做一些調查。死者是在東京的電視台上班吧？既然她是為了節目採訪才去沖繩的，那麼詢問那個節目的工作人員，應該能得知不少消息。」

菊川滿意地點頭。

「我就想聽這類意見啊。去詢問節目的工作人員當然很重要，因為為朝傳說最早就是那個電視節目提起的。」

「那麼，我們就先去那家電視台吧。」一聽百合根這麼說，青山雙眼發亮：「哇喔，要去電視台耶。」

青山看起來很高興。

菊川又皺起眉頭：「我們可不是去玩的。」

「只是形式上的調查嘛。」青山說：「那不就跟玩差不多嗎。」

菊川無言以對。

百合根暗自心想，青山還真有一套。

4

ST成員五人，加上菊川和百合根，七名警方的人員突然來訪，任誰都會驚慌。東視的服務台也不例外。

制服警衛在服務台附近緊盯著沒有配戴通行證的人，但一得知他們雖是訪客，卻是如假包換的警官，便顯得不知所措。

「我們想見《兩點看世界》的相關人員。」

百合根一這麼說，櫃台小姐便僵硬地微笑，想掩飾她的不安。

「請問有預約嗎？」

大企業的櫃台人員一定會這麼問。大概SOP是這麼規定吧，但警方進行訪查當然不可能先預約才來。

「沒有，沒有預約。」

「請問有什麼事？」

「我們是為身亡的女主播來的……」

在百合根身後的菊川補充：「小西律子小姐。」

櫃台小姐撥了內線電話。電話一掛，她便指著擺在大廳的幾張沙發說：

「請在那邊稍候，負責人馬上就會過來。」

百合根依她的話做了。

一離開櫃台，翠就說：「他們沒把我們放在眼裡。」

「咦……？」

百合根不禁看向翠。

「剛才那通內線電話，電話裡的人說，隨便找個人去應付，叫他們在大廳等……」

菊川嘖了一聲。

「那人是誰？」

「叫作中田。」

「好，看我不把那個叫中田的給揪出來才怪……」

於是，他們決定在大廳等。

赤城和黑崎閒著沒事幹。

菊川一聽到別人沒把他們放在眼裡，整個幹勁都來了。

百合根倒是認為何必火氣這麼大。

只有青山一副興致勃勃的樣子，環顧四周。他從不掩飾自己的好奇心，但雖然好奇心強，卻很快就會失去興致。

「請問……是警方的人嗎……？」

一個年輕男子問他們。他穿著一件領口已經完全鬆垮的運動衫，和破得不能再破的牛仔褲。

他顯然沒料到來訪者竟多達七人。只見他一臉疑惑地看著百合根一行人，然後先將視線停在翠身上。

平口露肩小可愛和迷你裙首先贏得了注意力。這是當然的反應，翠的服裝和肉體就是這麼具有刺激性。

接著，他看到青山，顯得一臉驚訝。頭一次看到青山的人都會有同樣的反應——為他的美貌驚嘆不已。

百合根對這名年輕人說：「你是與節目相關的人嗎？」

「是的。我是助理導播，長里。」

「你是這家電視台的職員嗎？」

「不是，我是外包的工作人員。」

菊川說：「但我想和節目的負責人談。」

「只要是節目的事我都知道。」

「你們中田說隨便派個人來應付，但這可是行不通。去跟你們中田說。」

聽到菊川這句話，長里的眼睛睜得好大。

「呃，這……」

菊川向他點點頭。

「知道了吧。什麼事情都瞞不過警方的。」

「主任製作人很忙，才要我來接見各位……」

這下知道那個姓中田的是主任製作人了。但主任製作人有多大、是什麼立場，百合根卻沒有概念。

「中田主任製作人是節目的負責人是嗎？」

「中田CP是好幾個節目的負責人。」長里回答百合根的問題，又說：「東視的製作，大多都是發包給好幾個CP小組……」

「那是什麼？」

「由主任製作人組成小組，再由那個小組來製作節目。」

「你剛剛說你是外包的工作人員？」

「小組裡只有幾個電視台的職員。絕大多數都是由外包的製作公司在進行實際作業，連音效很多也是外包的。」

「我明白了。」百合根說：「我們不會占用太多時間，能不能請你轉告中田主任製作人，說我們想跟他談談？」

長里露出乞憐的表情。他被夾在三明治的中間進退不得。對外製的助理導播而言，電視台的主任製作人恐怕是高不可攀的人物。

百合根覺得長里有可憐之處：「當然，我們不是強制。只是期待你們有善意的回應……」

這時候，菊川打斷百合根，說道：「但是，不配合警方，事後一定會後悔。你就這樣轉告你們中田主任製作人，說刑警這麼說。」

長里呆望著菊川的臉，還是走向電梯了。

「警部大人……」菊川嘆了一口氣。

百合根說：「我知道你想說什麼。可是，我們也要體諒他的立場……」

「那樣會問不出想問的。」

「哼。」赤城說：「反正是形式上的辦案不是嗎？」

「作為警察啊，」菊川瞪著赤城回答道：「被瞧不起就完了。」

過了五分鐘左右，長里回到大廳，帶著來賓專用的塑膠製名牌。

「中田主任說要見各位。由我來帶路。」

「一開始就這麼說的話，就不必浪費時間了。」

聽菊川這麼說，長里小聲說著「不好意思」。

會客室很氣派。擺了許多坐起來十分舒適的軟皮沙發，容納十個人還綽綽有餘。

這裡置放一台薄型大電視，連接了內建於硬碟的DVD機、VHS錄放影機等好幾種器材。

百合根一行七人坐在沙發上等候中田。

赤城悶不吭聲，黑崎也一如往常默默地雙手環胸。

翠那雙光溜溜的長腿交疊著，姿態看起來甚至有幾分張揚。

青山對電視台的興致似乎還沒消退，百合根則鬆了一口氣。

被迫等候的菊川，顯然很不耐煩。即使是在舒適的房間裡，被迫等待依然是被迫等待。他們來到這間會客室已經過了將近十分鐘了。

突然間，會客室的門猛然打開。

「久等了。」

出現了一個身穿三件式西裝、打著花俏領帶的男子。他肚子凸出，頭髮稀疏。

雖然穿著上好的衣服，卻有種說不出的滑頭，散發出這個行業的人獨特的味道。

「我是中田。」

他從西裝內側口袋裡取出名片。百合根也取出名片交換。

「哦，科學特搜班……」

中田一屁股往沙發坐下，盯著百合根的名片看。只見他把名片拿得老遠，瞇起眼睛，看來似乎已經老花。

「不是刑警嗎？」

「我是刑警。」菊川說。

「可是……」中田環視眾人：「有必要這麼大陣仗嗎？」

他的視線果然停留在翠和青山身上，盯著翠的時間相當長。百合根認為，這算是男性的正常反應。

「是啊，這個……」百合根回答：「科學特搜班各有不同的專責，原則上是五人共同行動……」

「那麼，你們想問什麼？」

菊川說：「關於小西律子小姐的事。」

百合根把場子交給菊川負責。他可沒有把握能比老資格刑警會問話。

中田的神情頓時黯然。

「一直到現在，我還是不敢相信她已經不在了。」

「她是電視台的職員嗎？」

「不，她是自由約。她是我們的招牌人物，失去了她，節目也備受打擊。」

「她的繼任人選呢？」

「目前是請電視台的女主播輪流支援。遲早必須決定正式人選，但我想多半會由『柏德事務所』來決定吧。」

「『柏德事務所』？」

「是主持人瀨戶村英明所屬的製作公司。事實上，《兩點看世界》等於是『柏德事務所』所企畫、製作的。」

百合根心想，那麼接著就必須到這家「柏德事務所」跑一趟了。

「聽說小西律子小姐是在採訪途中發生意外的……」菊川問：「請問您

知道詳情嗎？」

中田搖搖頭。

「我不知道。我只聽過部下的報告而已。」

「那位部下的大名是？」

「楠田，節目的導播之一。」

「這位也是外包的工作人員嗎？」

「不是，導播是電視台內的職員。」

「稍後我們想和這位聊聊，方便嗎？」

「請便。」語氣聽起來不怎麼樂意的中田繼續說：「不過，幾位要調查什麼？我聽說沖繩縣警已經確定是意外了。」

這回換菊川臉色難看了。

「嗯，是啊，我想是這樣沒錯。」

「那麼，警方為什麼還要調查？而且還出動了警視廳的刑警先生……」

「因為為朝傳說。」菊川說：「現在社會上傳得沸沸揚揚……各種臆測都出籠了。所以我們也不能不管。」

「哦……」中田含糊點頭：「為朝傳說啊……小律就是去做這個採訪……。」

「最早是《兩點看世界》提起為朝傳說的吧。」

「是的。我想是瀨戶村先生採用的點子，結果卻變成這樣……也有人散播不負責任的謠言，說小律會死都是因為為朝的詛咒……。」

「不負責任的謠言啊……」青山突然插話。

中田朝青山看去。他一臉像是在看著什麼耀眼的東西，也許是青山的美貌太閃耀了。

青山繼續說：「您真的不認為是為朝的詛咒？」

中田的臉上瞬間露出不明白對方說了什麼的表情，接著露出一絲苦笑。

「怎麼可能會這樣認為呢。」

「為什麼不呢？你們就是認為伊豆大島和奄美大島的意外是為朝的詛咒，才做了相關報導的不是嗎？」

「怎麼可能……那種事我當然不信。但瀨戶村先生怎麼想我就不知道了。」

「可是，事情變得越來越像詛咒了吧。」

一聽到這話，中田訝異地看著青山。似乎是不太明白他的意思。

百合根也不明白。

「因為，」青山說：「小西律子小姐是在與為朝有淵源的運天港身亡的吧？換句話說，本來在與為朝有淵源的地點發生的意外事故是兩起，現在卻變成三起了。」

中田的表情變得很難看。

「怎麼？你的意思是，我們為了讓為朝的詛咒顯得更真實，殺了小律嗎？」

他顯然被冒犯了。百合根也認為中田發怒得有理，青山這幾句話確實太冒失了。

但，青山絲毫不以為意，接著說：「我沒有這麼說。我想表達的是，就結果而言，事情變成了那樣。」

青山指出的事項，往往包含了重要的關鍵。現在這幾句話，會不會也暗示了什麼重點？

菊川問：「是否能麻煩您說明一下，節目是在什麼樣的脈絡之下提出為朝傳說的？」

「這一點麻煩去問執行的人。」

「意思是您本身並沒有確實掌握？」

「節目我都全權交給現場執行的工作人員，這樣運作起來才會順利。我只是在出事時承擔責任而已。」

「出事……？」

「畢竟是直播節目啊，什麼事都會發生。例如來賓、主持人發言不當，抗議電話就接不完。最麻煩的是贊助商不滿。有時候來賓不小心忘了贊助商，說了競爭品牌的產品，這時候，低頭賠罪就是我的工作。」

菊川表情變得十分慎重。

「貴節目在報導為朝傳說之後，曾經接到客訴電話嗎？」

「沒有，」中田立即說：「倒是沒有客訴。」

「沒有客訴……？」

菊川特別強調「客訴」這兩個字。

「只是接到兩、三通自稱歷史研究家的人打來的電話。這種人就愛在電話裡講古。」

「具體而言是什麼狀況？」

「就是很多在雞蛋裡挑骨頭的事……。不過，共通的地方是，他們都說為朝並沒有去過奄美大島，也沒有去過沖繩。」

「沒有去過奄美也沒去過沖繩……？」

「對，那完全是傳說。歷史上認為為朝被流放到伊豆大島，在那裡了結他的一生。但傳說卻說他後來渡海到琉球為王，就和應該死在奧州的源義經取道北海道到蒙古成為成吉思汗的傳說一樣。」

「那麼，為朝的詛咒就不成立了？」

「因此，我們在節目裡一個字都沒有提到為朝的詛咒。從頭到尾都只說是『為朝傳說』。是網路言論自己走偏了，不知怎地就變成詛咒了。」

「最早提出為朝傳說的是誰？」

「這我就不知道了。」中田聳聳肩：「我並沒有出席所有的會議……」

菊川朝百合根看去，以無聲語言詢問他是否還有疑問。

百合根搖搖頭。

赤城突然發問：「小西律子會不會游泳你知不知道？」

中田皺起眉頭。

「會不會游泳……？這和她死掉的事有什麼關係？」

「也許有，也許沒有。」

「她不會游泳，是個旱鴨子。她說她高中體育課上到游泳時，總是在旁邊看。」

赤城默默點頭，看來沒有要繼續發問的樣子。

菊川確認般朝赤城看了一眼後，對中田說：「謝謝您百忙之中抽空合作。

那麼，可以請您幫忙叫那位導播來嗎？」

中田看看時間。

「《兩點看世界》的節目正好結束。既然要問，要不要我請相關人員全部留下來？」

對，《兩點看世界》是每天現場直播的帶狀節目。能在這裡問過所有演出人員和幕後工作人員的話，就可以省掉去「柏德事務所」的工夫。

百合根並不是懶得跑那一趟，只是認為做事應該有效率。

菊川點點頭：「您肯幫這個忙就太感謝了。」

「我們會盡全力協助警方。畢竟，去世的是我們節目的女神啊。」中田接著說：「只不過，真沒想到『為朝傳說』竟然會驚動警方……」

中田一走，會客室裡便莫名寂靜。

菊川不知在沉思什麼。赤城則是一副與我無關的態度。黑崎本來就沉默。山吹也不是會主動發言的人。

翠一直望著門。搞不好，是在聽門後的對話。

青山開始坐立不安了。會客室整理得井井有條，他似乎是想去更雜亂的地方。

敲門聲響起。正感到沉默得教人沉重不堪的百合根，聽到那聲音鬆了一口氣。

一個頭髮剃得短短的、曬得很黑的男子走進來。年紀大約三十四、五歲。

「敝姓楠田。」

名片上印有節目名稱和導播職稱，全名是楠田進。百合根和菊川做了自我介紹。

楠田看到ST的成員，露出了標準反應。也就是，對人數之多不解，對翠的服裝吃驚，為青山的美貌絕倒。

楠田一在沙發上坐下，菊川便立刻開始發問。

「您是導播……」

「是的。《兩點看世界》有兩名台內的導播。」

「您是說，其他的都是外部的工作人員嗎？」

「是的。現場導播、助理導播、燈光、音響、計時員這些，都是採用外製。」

「和小西律子小姐一起去沖繩採訪的是您吧？」

「是的，她與我同行。」

「其他人員呢？」

「就只有我們兩個人。由我下指示與拍攝。」

「能不能請您詳細描述一下當時的事？」

楠田像是為了整理思緒般思索片刻。

「星期五節目結束之後，我們開會，然後搭當天最後一班飛機飛往那霸。是晚間八點整從羽田起飛的班機。那天，我們在那霸的飯店過夜，第二天早上租車前往今歸仁。那天早上是出外景，所以我和小西小姐是分頭行動。」

「分頭行動？」

「是的。因為不能要求她也出外景。」

「為什麼？」

「這個……」楠田一時之間為之語塞：「本來就是這樣。」

百合根可以理解。中田說，小西律子是節目的女神。然而，身為刑警的菊川不容許含糊不清的說法。

「這是什麼意思呢？可以請您解釋一下嗎？」

「節目的流程由導播安排，負責播報的人員配合行動，然後拍攝。這是最有效率的作法。」

「我以為所謂的採訪，是播報員也要一起到處去參觀訪問……」

「有些播報員是這麼做沒錯，但也有些是全權交給導播負責。作法各有不同。」

「您在拍外景的期間，小西律子小姐在哪裡呢？」

「這我就不知道了……。我們那天投宿的是運天港旁的渡假飯店，所以她可能是待在飯店裡，也有可能自行進行採訪。」

「從那霸到運天港你們花了多少時間？」

「我們從那霸的飯店出來，大概三小時吧……。從那霸到運天港的路程大約需兩小時，可是我們去租車，路上又吃了早餐……」

「你們是幾點離開那霸的飯店的？」

「七點。」

「這麼說，抵達運天港就是十點左右了？」

「是的。」

「那個時間渡假飯店可以辦理住房嗎？」

「預約的時候特別溝通過了。第一天主要是白天使用，所以請飯店讓我們提前入住……」

電視台的人對這些大概都很熟練吧。

「然後您和小西小姐會合，一起工作？」

「是的。我請她以運天港為背景，介紹了為朝傳說，然後拍下來。」

「你們工作到幾點？」

「我想想。因為光線不良就收工了，所以我想是傍晚六點左右。」

「光線不良……」

「對。因為沒帶燈光師，只能利用白天的陽光來拍攝。」

「然後呢……？」

「我們在飯店吃過晚飯就各自回房了。當天早上起得很早，兩個人都十分累。我在房間裡睡得很沉。早上，飯店的人打電話來……我才知道小西小姐出事了。」

「是被發現溺斃在運天港裡，沒錯吧？」

「對。我趕到的時候，已經打撈起來了。」

「據沖繩縣警的報告，推定死亡時間是凌晨十二點到二點，她為什麼會在這個時間到港口去？」

「我不知道。」

「您沒有任何線索嗎？像是在採訪中她曾經和誰說過話……」

「沖繩警方也問了很多，但我完全沒有頭緒。」

「她會游泳嗎？」赤城突然問道。

楠田意外地看著赤城：「我不知道。」

「你們每天都在節目裡見面不是嗎？」

「私人的事我完全不知道。那個……她平時不太跟我們說話……」

赤城沒有再發問。

菊川再度問：「您說小西律子小姐不太跟你們說話是什麼意思？你們不是同事嗎？」

「這個，就只有她才知道了……」

「意思是她不和節目的工作人員來往嗎？」

「不，意思是她區分得很清楚。」

「區分……？」

「她和主任製作人和主播瀨戶村先生滿熟的。」

「您是說……」

「我想，大概是我們身分不同吧。」

菊川思索片刻，然後說：「您對此感到不舒服嗎？」

「不會啊……工作上又沒有什麼不方便的……。」

略帶諷刺意味的語氣耐人尋味。顯然，他感到非常不愉快。

百合根心想這是必須注意的事項，然後才意識到：現在並不是在偵辦命案。這是意外事故的調查。

百合根若無其事地朝菊川看。菊川正埋頭思索。

「她說了什麼？」青山追問。

「咦……？」楠田的反應和剛才赤城發問時一樣。

「在運天港，小西律子小姐針對為朝傳說曾說了什麼吧？她說了什麼？」

「請問……這和她的意外有什麼關係？」

「不知道，也許有，也許沒有。」

楠田一臉困惑地看著青山。

百合根想開口制止青山。就在這時候，楠田開始說了：

「從簡單地介紹源為朝開始。他是平安時代後期的武將，神射手。源為義的第八個兒子，十三歲被逐出家門，成為豐後阿蘇氏的女婿，在九州各地作亂，自稱鎮西八郎……。在一一五六年的保元之亂中，跟隨父親源為義為崇德上皇而戰，他的強弓硬弩，讓支持後白河天皇一方的平清盛和兄長源義朝吃了不少苦頭……。大概就是如此吧。」

「哇，你記得好清楚喔……」

青山一副真心佩服的樣子。

「我為了寫小西小姐要唸的稿子，看了好幾遍資料。」

「你們是開完會就搭當天晚上的飛機到沖繩的吧？還有時間找資料啊？」

「是台內的工讀生和『柏德事務所』的工作人員調查的。這部分我是在飛機上看的，其餘的則請他們傳真到飯店。我在那霸的飯店裡一直在看資料。」

「……那，後來呢？」

「結果，為朝在保元之亂中戰敗被兄長義朝所俘，被流放到伊豆大島。然而，為朝可不會就此安分。他將伊豆諸島陸續收歸麾下，於是伊豆的豪族狩野茂光就向朝廷直陳，率大軍攻打為朝。為朝因此自盡，但傳說就是從這裡開始的。人們都以為他自盡了，但其實他搭上船逃過一死。後來遇上暴風在海上飄流。這時候，為朝說『運命在天，余何憂焉』。而他們飄流到的地方，就是沖繩的運天港。」

「所以小西小姐是以運天港為背景，做了這些解說？」

「是的。運天港有一個洞穴，據說為朝飄流到此地之後曾經住過。這個洞穴叫作提拉嘎馬，我們也去那裡拍了影片。然後，有一座可以俯瞰港口的山丘上有為朝登陸紀念碑，在那裡也拍了。」

菊川問：「那麼這些，也就是小西律子小姐生前最後的影像了吧？」

「是的。」

「會播放嗎？」

「今天已經播放了。」

百合根吃了一驚。

「你們播放了死者做的報導？」

楠田的表情略微嚴肅了一些。

「我們就是為了報導才去採訪的。當然，瀨戶村先生在節目中也表示哀悼，打出了她的姓名。」

「應該會有各式各樣的迴響吧。」百合根這麼說。

楠田的表情變得更加嚴肅了。

「工作人員也意見分歧。可是，瀨戶村先生的一句『這就是電視人的使命』，就決定了一切。是的，一定會有迴響。也許，瀨戶村先生也把這些迴響都列入考慮了。但是，這件事本身沒有什麼好批評的吧？」

百合根不知該怎麼想。名人的死與一般人的死有所不同嗎？

的確，每當名人逝世，電視便會不斷播放其生前的影片。但是，播放死者死前不久才做的報導，也能算是緬懷死者嗎……。

「據沖繩縣警的報告……」菊川問：「小西小姐是溺斃，當時曾考慮意外與自殺的可能性。小西小姐的樣子有沒有什麼不太尋常的地方？」

「我在沖繩也被問過類似的問題，可是我不知道。我們沒有私交，所以我不知道怎麼樣才算是態度不自然……」

「你是說，你對她毫不關心？」青山問。

「這……？」

「你們每天都一起工作不是嗎？而且你又是導播，應該經常要注意畫面裡的她啊？」

青山說的沒錯。

百合根觀察楠田，他會不會出現說謊或有所隱瞞的反應？

楠田說：「沒錯，也許我對她是不太關心。她人都走了，我這麼說實在過意不去，但我從來沒有把她當作一位主播或一位女性來看待。」

菊川臉上的表情消失了。這意味著身為刑警的他，有事情引起了他的注意。

「你是說，你不承認她是個主播？」

「她是瀨戶村先生力挺才被起用的。坦白說，我只當她是瀨戶村先生的助理。不過，也許八卦節目的女主播這樣就夠了……」

「其他人也這麼想嗎？」

「不知道。這純粹是我個人的想法。」

菊川思索片刻，然後看向百合根。

百合根問：「我不是很清楚導播的工作內容，但導播在節目決定主播人選的時候，並沒有發言權？」

「導播純粹就是督導現場的拍攝工作。節目的人事權和各種事項的決定權都在製作人手上。」

「以《兩點看世界》而言，實權就是在中田先生手中了？」

「是的。不過，實際上他幾乎是完全丟給瀨戶村先生的『柏德事務所』就是了……」

百合根看著菊川點點頭。

菊川說：「謝謝您的配合。」

楠田站起來。

「接下來要叫誰？」

「麻煩請找另一位導播。」

在楠田之後進來的導播名叫加島伸幸。比楠田小兩歲。他戴著眼鏡，髮型極其土氣。與瀟灑的楠田形成對照。加島以畏畏縮縮的態度淺坐在沙發上，看得出他很緊張。

菊川問：「小西小姐出事，您是在哪裡知道的？」

「在採訪地點。」

「您去哪裡採訪？」

「御藏島。伊豆諸島那邊的……」

「請說明一下你們的行程？」

「我們晚上十點從東京的竹芝棧橋出發，先到伊豆大島。到伊豆大島岡田港的時間是早上六點。上午，我們採訪了大島上的幾個地方，像是發生意外的野田濱，再搭十四點五十五分起飛的直昇機前往御藏島。十五點二十五分抵達御藏島。再進行場勘、租船，那一天就結束了。第二天準備搭船去採訪。」

看來他是一板一眼的那種人，時程表都記得很清楚。

「您是怎麼知道的？」

「我接到電話。是中田CP打來的……在星期天早上。」

「然後你們怎麼因應？」

「我們按照計畫進行採訪。也只能這麼做了，其他的事我們無能為力。早上七點左右船出海，一直採訪到九點半左右。然後，搭十點五十五分的直昇機飛大島……。十一點三十分抵達大島，再搭十二點四十五分的飛機飛調布。到調布是十三點二十分，我直接就回電視台。我還有編輯工作要做，也很擔心小西小姐的事……」

「和您同行的人呢？」

「名嘴野口先生回家了。他叫我有事要立刻打電話給他……」

「然後呢……？」

「我就等待人在出事現場的楠田先生的通知，以及傳送到新聞部的消息。

可是，關於小西小姐的事我完全幫不上忙，所以就去做編輯工作了。」

「兩位在伊豆大島和御藏島做了什麼樣的採訪？」

「我們先採訪潛水意外的地點。那裡在大島上也是有名的潛點，碰巧源為朝的古戰場就在附近。我們也拍了那個古戰場。再來就是赤門有名的為朝故居、為朝神社……。大概就這樣。」

「御藏島也有為朝傳說嗎？」

「伊豆諸島到處都有，但御藏島的傳說特別有名。畢竟是他殺了自己的兒子的地方……」

「哦……」青山問：「是什麼樣的傳說？」

「為朝在前往八丈島途中，看到海面上有一塊突出的岩石。岩石四周有一隻海鳥盤旋飛舞，所以他就對兒子虎正說：『把那隻鳥射下來。』虎正真的就把海鳥射下來了。對於兒子的神射，為朝備感威脅，當場就殺了親生兒子虎正。這就是御藏島上虎正根這塊岩石的由來。去賞海豚的時候可以看到。」

「喔……為朝還真狠……」

「為朝是個狂暴的人。年輕的時候大鬧九州，被流放到伊豆以後又在伊豆諸島鬧到天翻地覆。」

「聽說他留下很多傳說，我還以為他很受人民愛戴。」

「那是受到瀧澤馬琴的《椿說弓張月》的影響吧。瀧澤馬琴以為朝傳說為本，將他塑造成英雄。既然是英雄，就把他寫得品德高尚，所到之處都深得人心。」

「你了解得好詳細啊……。這些也是工讀生和『柏德事務所』的人查出來的嗎？」

「不，我大學攻讀日本史，所以有些事情我本來就知道。」

「那麼，節目決定要以為朝傳說為主題時，你一定覺得志在必得吧。」

「為什麼？」

「那不是你拿手的嗎？」

「為朝不是啊。我研究的是近代，主要是研究江戶時代的文化。所以，我了解的是瀧澤馬琴的《椿說弓張月》……。而且，為朝在日本史上就只有出現在《保元物語》裡而已。」

「嗯……」

「問完了沒？」

菊川不耐煩地問青山。青山一直問一些為朝傳說的事。菊川一定是想問一些更現實的事吧。

青山不再開口。

菊川又開始發問：「兩起潛水意外，其他電視台都沒有多加著墨，為什麼《兩點看世界》會特別提起？」

「本來是楠田先生說『大島譜系』的。瀨戶村先生還說幹嘛像在繞口令……。啊，瀨戶村是主播……」

「我知道。」

「然後，楠田先生就趕緊把我拉進來。因為我聽到中田CP說『這是為朝嘛』……」

「等等……」青山說：「是中田先生說的？」

「是的。」

「那麼，最早想到把兩起潛水意外和為朝傳說擺在一起的，是中田先生？」

「是啊……」

百合根差點就沒注意到這一點。

但青山果然沒有錯過。

剛才菊川問「為朝傳說是誰提起的」時，中田回答「不知道」。沒有說是他自己提起的。

中田與加島的說法不一致。

到這裡，百合根又注意到，他們只是在調查意外事故。也許不需要如此拘泥於細微的發言出入。

可能中田並沒有認真把這個問題當一回事，他忘了是自己提起的。

「……那麼，您自己對於將兩起意外和為朝傳說綁在一起播放有什麼看法？」

菊川一問，加島便露出困惑的神情。

「看法啊……。我沒什麼看法。就是工作啊，而且瀨戶村先生決定的事就是決定了……」

「工作人員對小西律子小姐的評價如何？」

「很普通啊……」

「您曾經和她去吃飯、小酌、聊起私人的話題嗎？」

「沒有。她幾乎都不會和工作人員來往……」

「原來如此……。最近，她的樣子有沒有什麼不尋常？」

「這個我看不出來。」

加島說到這裡，像是忽然覺察到什麼事般問菊川：「她是死於意外吧？為什麼要問這些？」

菊川面無表情地回答：「當初，沖繩縣警是從意外和自殺兩方面來考慮的。」

「可是，後來就排除自殺了吧？」

「為了排除自殺，我們必須問許多問題。」

加島一副坐立難安的樣子，環視在場眾人。然後，微微聳肩。看來是隨便都好的意思。

菊川進一步問：「您與各組之間都知道彼此的採訪行程嗎？」

「不知道。因為沒有那個必要……。最重要的是要把採訪來的影片編輯好以便星期一可以播出，光忙自己的事就很緊迫了。」

「有沒有誰會知道所有人的行程？」

「我們是曾向中田CP提交計畫書，不過他有沒有看就不知道了。」

「那麼，掌握前去採訪的各組人馬所有行程的，就只有中田先生一個人了？」

「還有協助庶務的小姐應該也知道。因為機票、船票都是她幫忙訂的。然後，我想瀨戶村先生大概也知道。因為他什麼都想管。」

「主播管這麼多啊？」

「《兩點看世界》不是我們的節目，是瀨戶村先生的節目。」

其餘的，便是一些細項的確認。

接著，請來了野口春男。

百合根也知道他。他不止上《兩點看世界》這個節目，也是其他節目的名嘴。據說他是個五十一歲的作家，但看來比實際年齡年輕。說話輕快，是在電視上很搶鏡的那種人。

實際上，百合根完全不知道他有什麼著作。

「小律啊……」野口春男嘆了一口大氣，大得很刻意：「真的死了啊……。真叫人不敢相信……」

菊川問：「您與她有私交嗎？」

「哎，頂多就是下了節目吃個飯啊，而且瀨兄和中田兄也都一起。就算我想有私交，她也不肯答應。是一個好女人啊……」

百合根心想，跟導播們的看法差很多。

菊川繼續問：「您每天都上節目嗎？」

「怎麼可能……這樣我就不必工作了。畢竟寫作才是我的正職。一星期有一半吧。有時一週中五天上三天，有時兩天。我和另一位名嘴輪流……」

「聽說您也去採訪了。」

「是啊。」

「我倒是不知道名嘴也會去採訪。」

「平常是不會去的。可是，我想去奄美大島看看，沖繩也好……。哎，其實啊，我是想和小律去旅行，可是好像被瀨戶村看穿了。結果被派到伊豆去。」

看來，野口是那種有話直說的人。和電視螢幕上看到的一樣。問他採訪的時程，在時間方面雖然多少有些不明確，但與加島所說的內容相符。

「哎，到了這把年紀，那種強行軍式的採訪真是累人。在御藏島搭的船小晃了一下，害我暈船，後半段累得我不成人形。」

「小西律子小姐最近有沒有什麼不尋常？」

「不尋常？沒有啊，我沒注意到。」
「像是有什麼煩惱啦……」
「沒有啊，我看不出來。慢著……不是意外嗎？為什麼要問這些？」
「為了周全起見。」
「對喔，好像也說過有自殺的可能嘛。還在調查啊？」
「不，所以說是為了周全起見。」
「嗯……警察也不好幹吶。」
關於野口，青山沒有問題要問。
搞不好，青山已經膩了。百合根也沒有事情要問。
菊川對野口說：「謝謝您百忙中抽空配合。」
「哪裡。這是為了小律嘛，我當然要幫忙。」
「那麼，不好意思，可不可以麻煩您請瀨戶村先生進來？」
「他走囉。」
菊川一臉訝異。

「不是請節目的相關人員都留下來嗎……」

「他是等了一陣子，可是又說太花時間就回事務所了。充當他經紀人的永島也一起離開了。」

結果還是得去「柏德事務所」一趟。

百合根心想，果然，想偷懶也偷懶不成。

5

伊豆大島「幸運草潛水」的老闆柏葉看了《兩點看世界》之後，心情有點不安。

節目播出的時間柏葉大多都在進行午後的潛水，他並沒有看這個節目的習慣。是留在店裡的常客碰巧看了星期五的節目，才告訴他的。

週末是最忙的時候，但電視台的報導意指那兩起意外與為朝傳說有關，這一直讓柏葉掛在心上。

野田濱旁邊的確是為朝的古戰場。節目這樣一播，要是讓客人不敢來，他們可吃不消。

然而，不止是這樣。他覺得好像很久之前就有人提過為朝傳說，而他一直覺得那和這次的意外有關。

因為好奇，他便看了星期一的《兩點看世界》。所幸，星期一客人很少，柏葉才得以把工作都交給有田和荻原。

明明是午間的八卦節目，卻一開場就氣氛低迷。原因很快就揭曉了，一名女主播在採訪中不幸身亡。早上十分忙碌的柏葉還沒看報，所以看節目時大吃一驚。

而且，她採訪的地點，就是與為朝有關的沖繩今歸仁村運天港。

到底發生了什麼事……。

柏葉注視著畫面。那位名叫小西律子的女主播，以美麗的寶藍色大海為背景出現在電視上。

而這就是她的最後一段報導。

沖繩的運天港，便是為朝從伊豆大島乘船出海之後，遭遇暴風飄流登陸之處。正因是為朝說了「運命在天」才抵達的地方，所以叫作運天港——小西律子這麼說。

這個典故，的確曾經聽說過。

柏葉這麼想著。

伊豆大島與為朝有淵源，所以很可能是聽哪個當地人說的。在大島上開店的時候，柏葉認為必須多了解當地的風土民情，有段時間下了不少工夫研究。也可能是在那時候吸收的知識。

但是，這件事就是一直卡在心上。柏葉將疊在辦公室裡的報紙一份又一份地翻過。關於伊豆大島的潛水意外有一篇小小的報導，他就是在找那篇報導。

之前聽在鄉公所任職的朋友說，出事的是內地潛水店的教練時，柏葉就想收集詳細資訊，但電視幾乎都沒有報導，報紙也只有一小段報導而已。

報導裡應該刊載了不幸喪生的教練的姓名才對，但柏葉看的時候並不以為意。然而，聽到為朝傳說之後，心中莫名躁動。

找到報導了。出事的是瓜生和巳，三十五歲。是東京都內的潛水店「軟珊瑚」的教練。

他對「軟珊瑚」這個店名沒有印象，也不記得瓜生和巳這個名字。至少可以確定不認識。也許，這個人過去曾以客人的身分來過「幸運草潛水」也不一定。

一年到頭上門的客人為數眾多。除非是回頭客，否則不會特別有印象。

接著，柏葉尋找奄美大島的意外報導。果然篇幅也差不多。這位出事的潛水人名叫槙英則，他不是職業潛水員，而是自由攝影師。

槙英則是星期五上午在奄美大島出事的。若非從事自由業，也不能在平常日潛水吧。而且，槙並不住在奄美，家在東京都西東京市。

槙英則……。

自由攝影師……。

在心中默唸幾次之後，柏葉心頭一震。

他有一絲記憶。

槙英則的確曾來過「幸運草潛水」。大概已有十年了吧？槙來潛水，過了幾天，寄來了他在海底拍的照片。柏葉還記得那些照片非常出色。

沒錯。槙是跟好幾個人一起來的。

柏葉搜尋記憶。慢慢想起來了，從店裡到潛點是開車去的。由柏葉駕車帶他們到潛點。至於是哪個潛點，現在已經不記得了。

在車上，有人說起為朝傳說。從為朝的生平到戰績，以及傳說流傳的地方……。柏葉想起自己當時很佩服那個人知道得如此詳盡。

這和意外有什麼關係嗎？柏葉思索著。如果有的話，會是什麼關係？

想歸想，當然想不出個所以然。就只是伊豆大島和奄美大島都流傳著為朝傳說，而這兩個地方碰巧相繼發生潛水意外而已。

要不是《兩點看世界》提起，也不會有人注意到吧。

也許只是巧合。但槙英則來「幸運草潛水」潛水時，他們那幾個人裡有人說起了為朝傳說是事實。這也純粹是巧合嗎？

柏葉努力回想當時的細節。然而，他並沒有專心聽。當時他正在開車，同時想著潛水行程。所以他想不起為朝傳說到底是誰說的。

外面傳來車子的引擎聲，大概是荻原回來了。客人要開始整理裝備、換衣服。原木屋外一下子熱鬧起來。

柏葉中斷了他的思考。

比起過去的事，現在該想的事堆積如山。別的不管，要先為潛水回來的客人提供服務。

不能只是帶客人去海邊就算了。潛水後的服務，關係到客人這趟潛水是否開心。

而開心的回憶，會將客人帶回「幸運草潛水」。於是一般的客人才會變成回頭客。

柏葉以笑容打開了原木屋的門。

6

車子一駛出東視，百合根便問菊川：「你認為那兩起意外有他殺的可能性嗎？」

菊川一臉意外地看百合根：「怎麼這麼問？」

「因為提問的內容簡直像在偵辦命案啊。」

「刑警嘛，可能忍不住就多問了些不必問的。尤其是有幾個人的話不一致的時候……」

百合根點點頭。

「的確，在為朝傳說是誰提起這一點上，中田先生和加島先生的話有出入。」

「像這種地方，我就是會在意。是職業病吧……」

「也可能是中田先生忘了。」

「明明是自己提起的？」

「幾乎所有人都說，節目內容差不多都是交由瀨戶村主播和『柏德事務所』決定的。中田先生似乎也不太出席會議……。也許當上主任製作人，有很多別的事要處理吧。」

「但是，其中一定有一個人說的是錯的，這是事實。」

菊川看著翠說：「有沒有人說謊？」

「我哪知道。」

「妳和黑崎加起來是『人肉測謊機』，怎麼會不知道？」

翠敏銳的聽覺能夠聽到被質詢的人的心跳與呼吸的變化。而黑崎靈敏的嗅覺，則能聞出對方出汗、腎上腺素等亢奮物質的分泌。所以他們兩人加起來，被稱為「人肉測謊機」。

「我也是要用心聽才聽得出心跳的變化呀。」

「喂，不然是為什麼要你們跟來的？」

「那要事先講呀。就算是機器，也要打開開關才會運作。」

「那妳就把開關打開。」

菊川問黑崎：「你有沒有發現什麼異常？」

黑崎想了想，才默默搖頭。

「幹嘛這麼賣力？」赤城對菊川說：「說只是形式上的調查的，不就是你嗎。不值得勞動搜查一課的大駕，所以差事才掉到ST頭上來的。只是這樣而已吧。」

「是沒錯啊。」菊川說：「但因為這樣工作就偷工減料，與我的性格不合。」

「一開始，是打算做個形式……」山吹說：「但是刑警的直覺有所感應……。是不是這樣？」

「哼！」菊川不知為何有些害臊地這麼說：「才不是。不過，就是怎麼說……有點粗粗沙沙的。」

「粗粗沙沙的……？」百合根問：「怎麼說？」

「應該說是觸感吧，覺得事情就是不順。就是手感不順。每個人講的話聽一聽，不知怎地就是有種粗粗沙沙的感覺……」

「換句話說……」山吹說：「不就是所謂刑警的直覺嗎？」

「不算直覺，算經驗吧。」

「那麼……」百合根問：「也有可能不是意外……」

「不知道。只是，問話問一問可能會問出什麼也不一定。所以啊，結城和黑崎，拜託你們，把『人肉測謊機』的開關打開。」

翠點點頭：「收到。」

這段期間，青山一副若有所思的樣子，沒有參與對話。百合根很好奇青山在想什麼。

「柏德事務所」位於南青山，從骨董通穿越青山墓地那條路的轉角算起第二棟的大樓。那棟大樓看起來像是住宅用的公寓華廈，而不像辦公大樓。特色是仿紅磚的外牆。

隔間相當寬敞，但擺了好幾座塞滿了資料、書籍的書架和鐵櫃，而且大桌上又有好幾台筆記型電腦。

看來，工作人員並沒有各自的辦公桌，而是圍在這張大桌工作。稍微瞄一下別的房間，有人正在拚命寫稿。

向身旁的女子告知警方來訪，一名男子大概是聽到了，便走過來。他穿著運動夾克和牛仔褲，眼神銳利。

一看感覺就像記者。百合根和他交換了名片。名片上寫著永島龍彥，職稱是督導。

「貴事務所的督導主要工作是？」

百合根這一問，永島聳聳肩。

「所謂的督導只是個方便的名詞。以前也是提企畫、採訪自己來。我待過東視的新聞部……。不過，現在跟經紀人沒兩樣。」

菊川問：「您也為了為朝傳說去採訪？」

「是的。我帶著我們公司旗下的特派員，去了奄美大島的加計呂麻島。」

「『柏德事務所』旗下的特派員？」

「一個自由播報員。名叫元宮沙織。」

「當然也採訪了潛水意外吧？」

「是的。」

「我們想詳細請教一下……」

永島環視ST眾人，想了想。大概是在考量能容納這麼多人的場所吧。

很難得的，他對翠的服裝和青山的美貌都沒有特別在意。

結果，永島對著面向大桌而坐那位大概是負責庶務的女子、以及另一位男工作人員說：「借用一下這裡，好嗎？」

庶務女子與男工作人員帶著自己的筆電離席了。

百合根有點內疚地問：「會不會防礙你們工作？」

永島絲毫不以為意，說道：「到處都有無線網路，在哪個房間都能工作。」

「不好意思。」

「可以的話，麻煩請長話短說。」

菊川回應：「正有此意。」

一行人圍著桌子坐下來。

永島坐在橢圓形大桌的一端，一個能夠環視眾人的位置。隔了一小段空間是菊川，菊川旁邊是百合根。

百合根旁邊是赤城。永島對面的另一端則是黑崎。在百合根他們對面，青山、翠、山吹相鄰而坐。

「首先，請告訴我們採訪時程。」菊川問。

永島淡淡地開始說：「我們搭上午八點四十分的飛機從羽田飛往奄美機場，抵達奄美是十點半左右。直接搭計程車前往古仁屋，然後搭渡輪到加計呂麻島。」

「抵達加計呂麻島大約是幾點？」

「我想是中午左右，因為我們馬上就去吃中飯了。吃過飯，去那家租了氣瓶給出事潛水人的店，訪問了導遊。」

「租了氣瓶？」

「對。對方說租了充飽了氣的氣瓶給死者。」

「我以為潛水一定要有導遊或教練隨同才可以……」

「據說並沒有這樣的規定。與導遊和教練同行只是業界的習慣，算是休閒潛水的安全措施，潛水老手或水中攝影師聽說常一個人去潛水。出事的潛水人好像也是從事海底攝影。」

「根據鹿兒島縣警的驗屍報告，死因是心臟痲痺……」

「是的。聽說他血壓很高，潛水的前一晚又喝了不少酒……」

「等等。」赤城說：「你剛說心臟痲痺？」

菊川瞪了赤城一眼。好像對他插嘴很不高興。百合根心想，在刑警問話時插嘴實在不是上策。

菊川對赤城說：「那又怎麼了？」

「心臟痲痺不是專業的醫學用語。這麼隨便的驗屍不可能被視為正式的文件。」

「也許用詞不同。」菊川說：「現在報告不在手邊沒得查，總之是心臟的問題。」

「那個潛水人有心臟方面的疾病嗎？」

「不知道。沒有這樣的記述。」

「奇怪了。」

「哪裡奇怪？」

「為什麼會發生心因性猝死呢。」

「不是說他血壓很高嗎。去潛水，應該會對身體造成各種負擔。」

「人類潛入海中，心跳和呼吸都會變慢。」赤城說：「不要說潛水，光是臉泡在冷水裡心跳就會變慢。如果真的發生了心因性猝死，就一定有相應的原因。」

「好，」菊川壓抑著焦躁說：「這件事我們再查。現在，永島先生為我們撥出了寶貴的時間，我想先請教他，可以嗎？」

「請繼續。只是覺得有疑問不馬上提出來，擔心會忘記……」

菊川恨恨地看了赤城一眼，繼續對永島提問：「租氣瓶的潛水店店名是？」

「『深藍』。地址和電話我都有。需要的話，我可以提供。」

「麻煩了。」

這種時候警察不會客氣。

永島站起來，去架上拿了一張紙回來。看起來是把網路上搜尋的結果列印出來的紙。菊川把資料抄在筆記裡。

「然後呢？」

「我們去了事發現場。找了目擊者，請教事發當時的詳情。叫元宮沙織做報導，拍成影片。」

「由您運鏡……？」

「是的。我從以前做新聞的時候就很習慣這些了。」

「原來如此……」

「事發地點您是搭船去的嗎？」

「對。我們包船……」

「你們沒有採訪為朝傳説啊。」青山問。

「什麼……？」

「一直都在講意外。」

「因為去的是意外現場，得先釐清意外的相關事實才行……。為朝傳說方面本來是預定星期天去採訪的。」

「那麼，你們星期天去採訪了嗎？」

「是啊。一早聽說小西律子身亡的消息，本來是想立刻趕回東京的。可是，奄美大島飛羽田的飛機一天只有一班，傍晚六點五十分才飛，所以在那之前只好繼續採訪。」

「有收穫嗎？」

「沒有資料以外的新發現。畢竟，事實上為朝並沒有來過奄美大島……。告訴世人為朝與奄美大島有關的，是瀧澤馬琴。在《椿說弓張月》最後有一篇是〈拾遺〉，裡面寫著為朝飄流到加計呂麻。只不過，當時的寫法和現在不同……」

永島就近拿了便條紙和原子筆，寫了「佳奇呂麻」。

「您反對節目報導為朝傳說？」

「我覺得很蠢。事實只是伊豆大島和奄美大島接連發生潛水意外，如此而已。」

永島是個現實主義者，恐怕也還留有身為記者的風骨吧。百合根心想，他在電視台新聞部的時候，一定是個優秀的記者。

青山的問題唐突地結束了。

菊川問：「那麼，您是在星期天當天回到東京的？」

「是的。我們搭傍晚六點五十分的飛機回到東京。抵達羽田是八點五十分，然後搭計程車回電視台。因為我想小西律子的相關詳細報導或許已經回傳了。」

「與您同行的特派員呢？」

「回家了。」

前往採訪的相關人員的行動大致都一致。

所有人幾乎都按原定計畫採訪後，回到電視台。

他們說，考慮到交通班次，無法採取其他行動。百合根認為這完全可以理解。

百合根思索了赤城所問的問題。

他說，心因性猝死。一般人所謂的心臟痲痺，在醫學術語上大概是這麼說的吧。

赤城對於在水中突然發生心因性猝死表示質疑。疑點到底是什麼呢？百合根覺得待會有必要問清楚。

菊川問永島：「對了，關於身亡的小西律子小姐，最近有沒有什麼不太一樣的地方？」

「您的意思是，有沒有自殺的可能性嗎？」

菊川搖搖頭：「純粹是確認而已。」

「沒有，我想沒有什麼不一樣的。」

「小西小姐好像不太和現場的人來往啊？」

「是啊。好像把工作和私生活劃分得很清楚。」

「那跟您如何呢？」

「我和她私下也沒說過什麼話。」

「她和誰比較熟？」

「您是說節目裡的人嗎？」

「是啊。」

「就是中田CP和我們公司的瀨戶村吧……」

「小西小姐會游泳嗎？」

永島似乎覺得這個問題非常突兀。疑惑地注視了菊川片刻才說：「我不知道。為什麼要問這個……？」

菊川重複同樣的話：「這也純粹是確認而已。」

先前赤城也向楠田導播問過同樣的問題。

菊川大概是覺得這個問題有其意義吧。

的確，她會不會游泳可能是個關鍵。她的遺體是在運天港的海上被發現的。

就算是不小心失足落海，如果會游泳或許能撿回一命。如果不會游泳，極有可能在水裡陷入恐慌。不會游泳的人一旦在海裡陷入恐慌，等於自絕生路。

「聽說小西小姐的後繼人選還沒決定？」

「是的。現在是每天由不同的東視女主播支援，但應該是要盡早決定的。」

「有權決定用誰的是哪一位？」

「決定權在中田CP手上。」

「可是，您說過，中田先生幾乎把整個節目都丟給『柏德事務所』不是嗎？」

永島想了一會兒。也許是在思考怎麼回答才得體。終於，他說了：「是啊。也許實際上是由瀨戶村決定。在《兩點看世界》這方面，瀨戶村是有不小的決定權……」

「有沒有比較被看好的人選？」

「目前還不曉得。像這種事，問我不如問瀨戶村比較好。」
「好的，我會的。但警察就是會拿同一個問題去問每個人。」
菊川向永島道了謝，請他幫忙聯繫瀨戶村。

7

瀨戶村獨占一個房間。百合根等人一進去，他眼睛睜得斗大。
「人數真是不少啊。」
百合根又不得不解釋原因。
「科學特搜班……？」瀨戶村似乎很感興趣：「鑑識嗎？」
百合根回答：「不是的。您所說的鑑識，是隸屬於刑事課。我們科學特搜班隸屬於科學搜查研究所，成員不是警官而是技術專員。」
「不是警官？」
瀨戶村這個問題，由菊川回答：「我和這位百合根警部則是如假包換的警官。」

菊川向百合根瞄了一眼。

那是怪他不必解釋這麼多的眼神。百合根於是閉嘴。

瀨戶村占領的房間也有一張大桌子。上面散亂著各式各樣的資料，是青山會很雀躍的那種亂法。

那張桌子四周擺著造型簡單的鐵椅和塑膠椅。如此安排是讓工作人員能夠一集合就立刻開會討論。

百合根等人圍著那張桌子就座。

「節目因為小西小姐的事也很辛苦吧。」

菊川起了頭。對於在電視台時警方明明留人，瀨戶村卻先回了事務所一事隻字不提。

「是啊，真的嚇了我一大跳，我到現在還是不敢相信。總覺得那扇門一開，她就會探頭進來。」

「她身亡的消息，您是在哪裡得知的？」

「我家。與她一同前去採訪的導播打電話來。」

「是楠田先生吧？」

「是的。」

「電話是幾點接到的？」

「早上很早。我想是六點左右。」

「您在家裡接了電話……。然後您怎麼做？」

「可能呆楞了一陣子，然後就四處打電話聯絡。中田CP啦，去其他地點採訪的同仁啦……」

菊川點點頭。

這些和其他人的發言並無矛盾。

「採訪是分成三組對吧。」

「對。小律那組去沖繩，野口先生那組去伊豆大島、御藏島，還有一組是奄美大島。」

「是誰分組的？」

「是我根據工作人員的意見決定的。當初本來只要去出事的伊豆大島和奄美大島，但有人建議說，把範圍擴大到御藏島和沖繩，在為朝傳說方面更有說服力。」

菊川點點頭。百合根也認為這幾句話聽起來沒什麼問題。

然而，青山卻一臉發現可口獵物的表情發問：「為什麼小西小姐是去沖繩？」

瀨戶村一臉訝異地看青山：「這有什麼問題嗎？」

「中田先生說，小西小姐是貴節目的女神。我想，一般應該會認為她理所當然負責其中某一起意外的採訪……」

「我想那也是導播的意見。他說，由主角小律來解說為朝傳說，畫面更有看頭。」

「您記得是誰說的嗎？」

「我想是楠田導播。」

「您確定？」

瀨戶村思索片刻，然後點點頭：「錯不了。說小律應該去沖繩運天港的，是楠田導播。」

「提議分三組的，會不會也是楠田導播？」

「沒錯。」

「一同前往沖繩的也是楠田導播吧。」

「對……」

「為什麼會是楠田先生去沖繩呢？」

瀨戶村思索著。

菊川已經不怪青山亂發言了。從他專注盯著瀨戶村就看得出來。

百合根也覺得事情的發展有點出乎意料。

「我想起來了。」瀨戶村說：「我記得，楠田說他去過沖繩幾次，對當地比較熟。這一點很重要。熟悉當地，採訪起來會比較順利。」

青山的問題結束了。

百合根認為剛才這番對話必須認真加以思考。

也有可能，是楠田導播試圖誘導，安排他和小西律子兩人到他熟悉的沖繩去的。

不，這未免想太多了。

百合根心生警惕。

切忌先入為主。

沖繩縣警判斷小西律子是意外死亡。雖然有各種查證的必要，但他們必須尊重沖繩縣警的判斷。

菊川問：「您認為楠田導播的意見恰當嗎？」

「就是認為恰當才採用的。」

「伊豆大島和奄美大島這兩起潛水意外與為朝傳說之間的關聯，最早是誰先提出來的？」

「這和小律的意外有什麼關係嗎？」

「我們現在是針對三起意外一併進行調查。」

「是誰起的頭不重要，我是覺得這個觀點很有意思才想播出的。別台沒有從這裡著眼，這才重要。」

「可以請您回想一下討論當時的情況嗎？」

瀨戶村默不作聲地沉思。

「我記得，最先是楠田說『是大島譜系啊』，我還說這是繞口令嗎。對，我想起來了。接著，加島導播就說起為朝傳說。」

「那是加島導播臨時想到的嗎？」

「不是，加島說是中田CP說的。所以我才會覺得不能置之不理。」

「中田先生把節目製作的事全權交給您不是嗎？」

「是啊。我是以此為條件，接下午間娛樂節目主播的。但是，偶爾也要幫中田先生做做面子……」

瀨戶村在這個節目之前，在其他電視台應該是擔任晚間新聞節目的主播。百合根以前也常看那個節目。

由於是新聞報導節目，瀨戶村塑造出深刻的硬派形象。當那個節目因收視低迷結束，不久瀨戶村便以《兩點看世界》的主播重新出發。

依照週刊雜誌的寫法，瀨戶村是被東視收留的。但那是週刊雜誌的八卦報導，不知真實性如何。不過百合根認為，東視替瀨戶村與「柏德事務所」解了圍是真的。

「小西小姐在節目工作人員之間的風評如何？」

「當然很好啊。」瀨戶村說：「中田CP也很喜歡她。她身上沒有約，但我勸她加入我們『柏德事務所』。我是認為有我們作後盾，她一定更能有所成長……」

「小西小姐最近有沒有不太一樣的地方？」

「這是什麼意思？」

「就是字面上的意思。」

瀨戶村很不愉快地說：「聽說警方也懷疑有自殺的可能性是不是？如果是這個意思，那我倒是沒什麼印象。她也不像有什麼煩惱的樣子，週五進棚的時候也和平常一樣。」

「她會不會游泳，您知道嗎？」

「小律會不會游泳？我不曉得，不記得有提過這類話題……」

瀨戶村忽然像想起什麼般，皺起眉頭。

「不對，有一次不知道在哪個節目裡，她去健身房採訪。那時候，也介紹了游泳池，那時候她不會游泳……。雖然穿著泳衣進了游泳池，不過是在池裡走動。我記得，她那時候好像說過『連不會游泳的我也可以利用這個方法塑身』之類的話。」

「那是哪一家電視台的哪個節目呢？」

「不記得了。」

「有沒有什麼線索？」

「等我一下。」

瀨戶村以內線電話叫了永島。

永島開了門，從門口露臉。

「什麼事？」

「你記不記得小律以前去採訪健身房的那個節目？她穿著泳衣進了游泳

池。」

「我不記得，不過我查查看。」

永島立刻關上門。

百合根覺得兩人的互動默契十足。瀨戶村對永島信任有加，而永島對自己該做的事也了然於心。

百合根好想嘆氣。不能指望和ST成員建立起這種關係，對身為上司的自己也沒有自信。

菊川繼續發問：「您對小西小姐的後繼人選有想法了嗎？」

瀨戶村的臉色變了。

「她才剛過世欸，連葬禮都還沒辦。我沒在考慮後繼人選，暫時請東視的女主播幫忙。」

「是沒有候補的後繼人選嗎？」

「我不是說什麼都還沒有考慮嗎。《兩點看世界》的女主播，就只有小律一個，而她不幸身亡了。現在我沒有任何想法。」

青山問：「可是，節目要繼續下去吧？」

瀨戶村一副聽到意想不到的問題般，揚起了一道眉毛。

「這還用說嗎。」

「往後也要繼續報導為朝傳說嗎？」

「沒錯，採訪回來的影片還有一些沒有播出。我也打算追加採訪。」

「您並不認為小西小姐的事故是為朝的詛咒吧？」

瀨戶村微微皺眉。肯定是認為這個問題很蠢。

「怎麼可能這麼想。」

「可是，您覺得兩起潛水意外與為朝傳說有關？」

青山這個問題有點把瀨戶村難倒了。

「不是這樣的。」

「那麼，為什麼要播出兩起意外好像與為朝傳說有關的報導？」

「剛才我也說了不是嗎。我覺得觀點很有趣，就只是這樣。我們也是有良知的，所以完全沒有提到詛咒。我們的報導，從頭到尾都只說兩起意外發生的地點流傳著為朝傳說而已。」

「小西小姐不幸身亡反而給人一種印象，好像為朝傳說與意外之間的關聯更強了。」

瀨戶村盯著青山。

「要怎麼想，是你的自由，但我自認沒有利用她的死。不幸的意外接連發生，只是如此而已。」

「兩起的話感覺不出那麼大的連續性，三起就能明顯感覺到……社會大眾的反應想必也會有所不同。這是所謂的漣漪效應。」

百合根覺得這段發言也可視為挑釁。但瀨戶村卻很沉著。

「或許吧。這麼一來，節目的收視率可能會上升。也許這是小律留給我們的禮物。」

青山盯著瀨戶村看了一會兒，但不久便轉向別的方向，看來是失去了興趣。

菊川問：「聽說野口先生對小西小姐頗為迷戀，您怎麼想？」

「誰說的？」

「野口先生本人說的啊。野口先生說，其實他本來是想和小西小姐一起去採訪的，卻被瀨戶村先生看穿了。」

「他那個人很好懂。哎，他的心情我也不是不明白，但我們是拿電視台的經費做採訪，必須選擇有效率的方法。雖然有點對不起野口先生，但還是請他去伊豆。」

從瀨戶村的語氣聽起來，他對野口的印象絕對不差。

菊川朝百合根看去，這是固定的儀式。

百合根搖搖頭。

菊川照慣例向瀨戶村道了謝，站起來。

「是意外吧？」瀨戶村確認般對菊川說道。

「是啊，」菊川回答：「目前只能這麼認為。」

8

一走出「柏德事務所」，菊川立刻問翠：

「如何？他們有沒有說謊？」

翠看向黑崎。黑崎微微搖頭。

「沒有那個跡象。我想他們兩個或多或少情緒都有點激動，可是小西律子才剛出事不久，警方又有大批人馬上門，會激動也很正常。」

菊川點點頭，然後對青山說：「這位先生，你剛才去招惹瀨戶村啊。是認為他有什麼可疑之處嗎？」

「我哪有？」

「你說小西律子死了，與為朝相關的意外就從兩起變成三起……」

「我只是問了跟問中田先生一樣的問題。」

「那，看出什麼了嗎？」

「沒有。」

菊川大嘆一口氣。

「是我太傻，不該心存期待……」

「可是啊，」青山說：「兩個人的反應截然不同。我對這點倒是很感興趣。」

「怎麼說？」

「我想，我的發言非常冒失。身邊的熟人才剛過世，我的話卻暗示那個人的死也許會為節目帶來好處。這種話，是非常沒禮貌的。」

「你嚇到我了。原來你還有這種自覺啊。」

「中田先生顯然很生氣，不過也許是裝作很生氣。可是，瀨戶村先生就很冷靜。」

「這在心理學上怎麼解釋？」

「我就說我不知道啊。現在判斷的材料還太少。」

菊川沒有繼續追問。

百合根對於菊川向瀨戶村告辭之際說的話很好奇。

「菊川先生，」百合根說：「小西律子的事件，你是不是越來越認為不是意外？」

菊川盯著自己的腳，邊走邊說：「警部大人覺得呢？」

「這個嘛……」

百合根想了想。每次被菊川問到，都覺得很像被抽考。百合根是高考出身的，高考的在第一線向來都是被敬而遠之。

「如果不是意外，假設是他殺的話，是假設喲……那楠田導播就很值得注意了。」

菊川仍看著腳，點點頭。彷彿在整理思緒般緩緩開口：

「沒錯。楠田那個人，最先點出了兩起意外之間的關聯……。說『大島譜系』的是楠田。而且提議讓小西律子去沖繩的也是楠田。不僅如此，他還說自己熟悉沖繩，得以與小西律子同行。」

「若是殺人案的話，他有很多嫌疑之處。」

「只不過如果小西律子真的是死於意外，那麼楠田導播那些話也就純粹是巧合了……」

「當刑警的啊，警部大人，很討厭巧合這個詞。」

赤城喃喃地說：「小西律子不會游泳……」

百合根吃了一驚，看著赤城：「這有什麼不對嗎……？」

「應該徹底調查一下有誰知道這個事實。」

「對。」菊川說：「這一點也必須查清楚。不能保證東視每一個人說的都是實話。總之，本來ST這次的任務就是要飛往意外現場進行調查。明天要去伊豆大島喔。」

在羽田一看到飛機，翠的臉就發青了。

那是雙螺旋槳飛機，機種似乎是龐巴迪DHC-8-Q300。當然，內部空間和巨無霸噴射機比起來小得多。機艙內正中央是一條走道，兩側各有兩個座位。

翠有嚴重的幽閉恐懼症，因此非常討厭飛機。討厭搭飛機的人很多，但絕大多數都是害怕墜機。

然而，對幽閉恐懼症的人而言，最大的問題是處於一個封閉的空間，無法任意離開。

如果是電車，可以在中途的車站下車。因此，有幽閉恐懼症或恐慌症的人喜歡平快車甚於特快車。如果是開車更好，能夠任意停車下車，很有安全感。

然而，飛機可不行。一旦起飛，會一直被關在裡面直到抵達目的地。

在狹小的機艙裡，翠已經額頭見汗了。

菊川注意到了，問翠：

「還好吧？」

「不好。」

「忍耐三十分鐘就好。」

「我知道。去莫斯科時的那個，可以請你幫忙嗎？」

「哪個？」

「握著我的手……」
菊川一副受寵若驚的樣子。
「如果我可以的話……」
「誰都可以。」
翠快不行了。菊川準備在翠身旁坐下。
「拜託，讓我靠走道坐。」
「那樣比較好嗎？」
「坐靠窗更覺得被關起來。」
赤城對翠說：「如果妳需要鎮靜劑，我有。」
「你有帶？」
「我是醫生啊。」
「給我。」
感覺是有總比沒有來得好。

羽田飛往大島的ANA 841班次，於上午八點二十分準時出發。飛行的感覺與噴射機完全不同，輕飄飄的。距離地面很近。

這條航線最有名的是天候不佳就停飛。本州也已經進入梅雨季了，但所幸天候不算太差。

雖然天空陰沉沉的，但沒有下雨。

小小的雙螺旋槳飛機搖晃得很厲害，但對翠而言，搖晃本身似乎不成問題。

翠的恐慌沒有發作，不久飛機便在大島機場降落。只要一起飛，三十分鐘的空中之旅其實很短。

由於起得很早，青山一臉還沒清醒的樣子。

百合根心想，他可能低血壓。

但據身為醫生的赤城說，血壓與起不了床沒有明確相關。

一到大島署，由地域課長來接待。是一位名叫大久保數馬的警部。年紀五十開外，卻有不少白髮。人偏瘦，曬得很黑。

「久仰ST大名。據說幾位是來調查意外的？」

話說得很客氣，但聽得出語氣帶著「多謝雞婆」的意味。

「現在為朝傳說在社會上傳開來……」菊川說：「要是置之不理，只怕會有愉快犯趁機作亂。」

「這我知道，是《兩點看世界》對吧。太令人吃驚了，竟然把伊豆大島和奄美大島的潛水意外和為朝傳說搞在一起……。結果，女播報員又在和為朝有淵源的地方出事死了。叫小西律子是不是？我挺喜歡她的啊……」

「關於這起意外，已經請你們提供過基本資料。現在是想，能不能更進一步詳細了解……」

「好啊。」

「首先，可以帶我們去看現場嗎？」

「這麼多人要一起行動，需要開廂型車，我來問問能不能安排。這裡畢竟是小地方，車輛也不太夠。」

菊川微微行個禮，說：「不好意思。」

「驗屍的是誰？」赤城問。

「我和刑事課長，連同醫生一起進行的。不可能請本廳的檢視官大老遠跑到島上來，島上又沒有醫大，就不用說法醫學教室了。」

「判斷為意外的根據是？」

「以醫師的意見作為參考。鼓膜有損傷。通常在這種情況下，耳咽管會進水，導致三半規管失調，會產生劇烈暈眩，無法分辨上下。應該便是因此而引起死者恐慌的。」

「喝了海水嗎？」

「喝了。是溺死。」

赤城陷入沉思。

「喪生的據說是潛水老手，在東京的店當導遊……。老手也會發生這種意外嗎？」

「所謂的意外，任何人都可能發生。這次，對地形不熟悉可能是意外的主因之一。而且，當天海水的能見度極差，而死者卻對自己的實力太過自信，一個人去潛水。結伴同行是潛水的基本常識。」

菊川說：「不愧是大島署，對潛水這麼了解。」

「我到這裡服務之後，也開始玩水肺潛水。就我的潛水經驗，那是意外沒錯。」

赤城沒有再開口，是同意他的說法嗎。

百合根悄悄觀察赤城的表情。只見他埋頭深思，看不出他如何判斷。

署裡準備好廂型車了，由大久保課長親自開車。所有人上車之後，廂型車離開了位於元町邊緣的警署，開上了海岸通。

「最近，這條路被取了個名字叫日落棕櫚大道。因為是在島的西邊，晴天可以看到落日……」

原來如此，一如其名，沿著海岸種了整排椰子樹。明明距離本土不遠，卻頗具南國風情。

車子很快就停了。左手邊可以俯瞰海岸。

「這下面就是野田濱。然後……」大久保從前車窗指指正面：「那裡就是源為朝的古戰場。」

「哦……」

青山哦了一聲，把臉貼在車窗上。看樣子他終於醒來，頭腦開始運作了。

往海岸看去，是佈滿深色石礫的海灘。

岩石的右側可以看到好幾個潛水人穿著不同顏色的潛水衣。因為是平日，人數並不多。

當天由於是陰天，海看起來灰灰的。

「就浮在那塊岩石附近。」

「浮……？」翠問：「身上穿戴著沉重的潛水裝備浮著嗎？」

翠來到廣闊的海邊，看樣子舒服多了。

大久保瞄了她一眼，好像看到什麼耀眼奪目的東西。

翠今天也穿著十分清涼的衣服，領口大開、露出肚臍的綠色T恤，搭配丹寧迷你裙。

「是啊。在水中，為了維持中性浮力會配重。也就是說，不掛配重就會浮起來。越熟練的潛水人一般來說配重會越輕。隨著氣瓶裡的氧氣變少，浮力也會增加，而來到越淺的區域身體也越容易浮起。而且，出事的潛水人的BC充了氣。」

「那代表了什麼？」

「大概是在海裡分不出上下方，馬上想到要確保浮力吧。所謂的BC背心，就是浮力背心，是配帶氣瓶的背心，利用充氣放氣來調節浮力。他是潛水老手，我想他一定是一感到劇烈暈眩，即使陷入恐慌也立即做了這樣的緊急處置。」

「可是還是溺死了……」

「潛水的意外死亡，其實發生在水面附近的比海裡的多。都已經想辦法浮到海面附近了，卻在那裡溺死，這樣的意外我看過不少。」

赤城問：「急救措施沒有缺失吧？」

「打撈上來的時候，已經是沒救的狀態了。死了。」

說完，大久保顯得十分哀傷。固然是因為轄區內有人死亡，但也許為潛水同好之死傷心的成分更多。

不經意間，只見山吹朝著大久保所指的方向雙手合十，低頭唸唸有辭。應該是在誦經吧。

大久保一臉訝異地看著山吹。

百合根解釋：「啊，他家是寺院，他也具有僧籍。」

「所以他是出家人？」

「是啊……」

「那麼，ST在命案現場唸經的傳聞是真的了。」

百合根倒是不知道這成了傳聞。

百合根很在意赤城。他是不是發現什麼疑點呢？但赤城什麼都不說，只是俯瞰著海岸。眼神顯得有幾分哀傷。

「大久保先生……」

身後有人呼喊。一個以毛巾代替手巾綁在頭上的男人從一輛廂型車駕駛座探出頭來。那輛車就停在警用車後面。

那位男子穿著十分老舊的黑色橡膠潛水衣，百合根還以為他是漁夫，但馬上就注意到車上「幸運草潛水」的字樣。看來是潛水人。

「喔，柏葉先生……」大久保報以笑容：「今天來野田濱？」

「因為有小沙丁魚魚群……八成也能看到黃雞魚群。小一點的也有錢斑鱉魚……」

被大久保稱為柏葉先生的潛水人從駕駛座下車走過來。

「工作嗎？」

「是啊……。本廳有人來調查意外。」

柏葉看了ST成員之後說：「咦，警方的人……？」

「那幾位是科學特搜班的成員，簡稱ST。」

「從本廳來調查，那麼那起意外果然是有疑點囉……？」

菊川問：「不好意思，請問您是……？」

大久保為他們介紹：

「這位是潛水店『幸運草潛水』的店長，柏葉先生，大島潛水店的先驅，大前輩。這位是本廳搜查一課的菊川先生。」

「哦，搜查一課……。搜查一課是偵辦命案的地方吧？果然……」

「我們不只是辦命案而已。可以請教您一個問題嗎？」

「請說。」

「您剛才說『果然』，這是什麼意思？」

「有件事讓我很在意……一直猶豫著不知道該不該告訴警方。因為實在太模糊了……」

「可以請您告訴我們嗎？」

柏葉朝店裡的車看了一眼。看樣子，裡面有客人，大概是正要去潛水吧。

百合根看出來了，便說：「您現在一定很忙。如果您方便在收工後告訴我們……」

柏葉點點頭：「傍晚我就有空了。」

大久保說：「那麼，晚點我們到您店裡去。」

「好的。」

柏葉規規矩矩朝大久保、菊川以及百合根行了禮，回到車子那裡去。

幾個身穿潛水衣的客人下了車，也取下裝備，擺在鋪成紅色的人行步道上。

下完裝備，柏葉把車開到停車處。客人似乎都有經驗，只見他們搬著裝備往下走到海岸。

柏葉從停車處跑著追上他們。

百合根心不在焉地看著他們一連串的行動。帶著沉重的氣瓶和裝備走路好累啊。在海裡的樂趣，一定遠勝這番辛勞吧。

此時，他發現青山不見了。趕緊環顧四周，原來青山在源為朝的古戰場那裡。

百合根往那邊趕去。

「有什麼值得注意的嗎？」百合根問。

青山回答：「沒有……。古戰場其實也就只是一塊空地嘛。」

「那當然了。」

「頭兒，你對詛咒有什麼看法？」

「看法啊……我覺得很不實際。」

「可是，真的有詛咒喔。」

「怎麼可能……」

「真的啊。」

青山的表情很正經。不如說，有些憂愁。

被青山這麼一說，百合根莫名感到一陣哆嗦。

「這個嘛，也許有人相信啦……」

「對，重點就是相信。所以，在每個人都相信有詛咒的古時候比較有效。」

「重點是相信……？」

「詛咒其實是傳聞。」

「傳聞，你是說流言嗎？」

「對。拿丑時釘小人來說好了，大家都說被人看到了就會失效，其實是一定要有人看到才有效。有人看到了，把事情傳出去，傳到被詛咒的那個人耳裡。於是，那個人身體真的就不舒服了。」

「所以是心理作用？」

「也不盡然。」

身後響起赤城的聲音，百合根回頭。

不知何時，大家都來到古戰場了。

赤城繼續說：

「目前已知有很多病例證實心理上的不安、恐懼會引起生理上的症狀。心因性心臟血管系統功能障礙之類的精神官能症也是如此。只是深信自己哪裡有毛病，那裡就真的出毛病。這個例子每個醫學系的學生都聽過，就是一個待在暖爐前的人，叫朋友過來他那裡，然後那個人突然拿撥火棒押在朋友手上，朋友的手就灼傷了。」

「好過分啊。」

「可是，那根撥火棒其實是泡在水裡冷卻過的。」

「但還是真的灼傷了嗎？」

「死於越戰的一般徵募兵大多數都不是死於槍傷，據說是因為受到槍擊的驚嚇而死的。因為他們深信只要被擊中就會死。青山說現實中有詛咒，就是這個意思。」

百合根問青山：「這次的兩起……不，三起意外，都適用於你剛剛說的詛咒嗎？」

「不，」青山說：「不適用。」

百合根完全不明白青山到底想說什麼。菊川似乎也一樣。初次見面的大久保就更不用說了。

「如果想看和為朝有關的地方，就回我們署裡吧。赤門有名的為朝館，從署裡用走的就會到。」

「我們不是來觀光的……」菊川說：「但既然來了，就去看看吧……」

9

赤門，名副其實，是一道上了紅漆的門。據說那裡是為朝舊居。門的右側掛著大大的招牌「鎮西八郎為朝館之跡」。

「要進去看看嗎？」

大久保這麼說，不等大家回答便進了庭院。松樹、矮樹繁茂，有著飽含濕氣的植物芬芳。

「這個庭園有三千坪大，那邊是寶物殿和植物園，那一邊則是為朝神社。」

菊川禮貌性的附和大久保的觀光導覽。

青山看起來也不太有興趣的樣子。赤城則是把非常無聊寫在臉上。

但山吹卻似乎非常喜歡這個景點。

「好氣派的大宅啊。擁有這樣豪華的大宅，可見勢力不小啊。」

大久保回答：「據說，伊豆諸島當時都是他的勢力範圍。可是，後來卻在地方豪族狩野茂光的攻打下自殺。這附近的長根濱公園裡，立了一座碑寫了這件事。」

山吹說：「那個豪族是一狀告到朝廷，然後集結軍力是吧。」

「是的。」

「聽說御藏島也有傳說流傳？」

「哦，虎正根啊。」

「說是殺死了親生兒子……」

「是啊。要不要也到長根濱公園走走？」

大久保邁開了腳步。百合根等人只能默默跟著他走。

長根濱公園是一座大公園，面對大久保稱為日落棕櫚大道的那條馬路，在樹木之後可以望見大海。

「這就是為朝碑。」

大久保指了指。那座碑就在人行步道途中，四周灌木茂密，鄰近有雄偉的松樹和蘇鐵。

一如大久保的說明，事情就寫在碑上。加島導播也做過同樣的解說。

「喔，對了。那邊就是濱之湯，一家露天溫泉。晴天的時候，從浴池裡看出去的夕陽非常美。飯店的溫泉雖然也不錯，但同樣是泡湯，不如泡這裡的。」

大久保指著公園裡的建築物。那是一幢看似澡堂的建築。

菊川說：「剛才也說了，我們不是來觀光的。」

「有什麼關係呢，既然人都來了。那家露天澡堂可是頗受潛水人好評呢，因為是男女混浴。」

菊川不禁問：「混浴……？」

「所以大家都穿泳衣去泡。」

「我們沒帶泳衣啊。」

「別擔心，那裡免費提供湯浴衣。」

「無論如何，等工作結束再說吧。」

「好的。接下來要去哪裡？」

赤城回答：「我想聽負責急救的救護人員怎麼說。」

大久保立刻拿出手機，看來是要與消防本部聯絡。

百合根心想，論警方與消防的合作之密切，大島恐怕是東京都裡數一數二的。

大島曾歷經數次三原山爆發。一九八六年那次，三原山竟形成了十一個噴火口，流出的岩漿危及元町港。同時，南側的波浮港也有氣爆的危險。

在走投無路的狀況之下，大島町公所、警方、消防單位，以及電力公司、民間運輸公司聯合起來，以必死的決心協助全島島民疏散。一萬人的大規模疏散，沒有任何人罹難。

這感人的事跡至今仍在東京都公務員之間傳頌不已。

大島消防本部就在機場旁，是一棟兩層樓的小型建築。

這座低調的建築據說是二〇〇四年才剛完成的。一樓停了兩輛救護車和一輛消防車。

大久保將車停在消防本部的建築旁。負責那起意外的兩名救護隊員說是週休中，並沒有穿制服。

消防人員的勤務體系與警官略有不同。

消防人員於值勤二十四小時之後，休息二十四小時。再加上每週有一天的休假，稱為週休。

警察則眾所周知，是日班、夜班、輪休的循環。

一想到對方為了自己在寶貴的假日趕來，百合根就覺得過意不去。但菊川卻以毫不在意的語氣問：

「意外死亡的潛水人是由兩位負責的，沒錯吧？」

兩人不愧是消防人員，擁有強健的體魄。其中高個子的名叫山下，另一位個子雖矮但體格結實，名叫浦賀。

「瓜生和巳，」山下說：「喪生的潛水人名叫瓜生和巳。」

菊川點點頭。

「關於兩位運送瓜生先生當時的事，科學特搜班的人有些事情想請教……」

菊川向他們介紹了赤城，山下與浦賀便同時向赤城看去。

浦賀問赤城：「科學特搜班是什麼？」

「科搜研的特設小組，也會像現在這樣出動到現場。我的專長是法醫學，也擁有正式的醫師執照。」

「那……」山下問：「要我們說什麼呢？」

「你們與意外當事人最初接觸時的狀態。」

「瓜生和巳先生嗎。」

山下又重複了一次。百合根才總算注意到，對他而言，那不是單純的急救對象，已經是個有名有姓的人了。山下一定是抱著這樣的想法工作的吧。

「呼吸停止、心跳停止、瞳孔無反應。光是按壓胸部，便從肺裡溢出海水。」

「心肺復甦術呢？」

「試了，但完全沒有意義。既然您是醫生，應該明白吧？但我們持續心臟按摩，直到到院。」

赤城點點頭。

「有沒有注意到什麼特別的地方？」

山下搖搖頭。

「那是疏忽大意造成的意外。在不熟悉的海域，能見度差的時候，單獨一個人跑去潛水……。只要留意安全就能避免的。」

浦賀接著說：「我看過不少海水浴場和潛水、衝浪的意外，莽撞可說是它們的共同點。」

「也就是就意外而言，沒有什麼不自然的地方？」

「這該由警方判定，不是我們。不過……」山下說：「沒有什麼可疑之處。」

浦賀說：「我也這麼認為。」

赤城無言點頭，還是一樣板著一張臉。但山下和浦賀都以認真的眼神回答赤城的問題。

鑑識和他們這些特定領域的專家，只要聚集在赤城身邊，總是這樣。赤城就是天生具有領導才能。

然而，他本人卻沒有發現。不，也許他否定自己這項能力。他常以獨行俠自居。

也許是因為赤城曾罹患對人恐懼症的關係。現在雖然已經克服了，但至今仍遺留了女性恐懼症這個尾巴。

「問完了嗎？」大久保問赤城。

「是的，很有參考價值。」

光是赤城這一句話，山下和浦賀便彷彿受到誇獎般一臉滿足。著實不可思議。

「接下來要去哪裡？」大久保問菊川。

菊川看著赤城，赤城回答：「我想見見為瓜生和巳驗屍的醫師。」

「好的。」

一行人又上了車。

這段期間，ST其他成員也都一直側耳傾聽赤城與救護隊員的談話。連青山都聚精會神地聽。

也許他們漸漸發現了什麼重要線索，百合根卻毫無頭緒。就算問了他們也不會回答吧。他們是科學家，在證據充分前什麼都不肯說。

醫院位於元町。百合根覺得設備算是齊全，其他小離島的衛生所難以比擬。

大久保為他們介紹的醫師還很年輕，大約三十四、五歲，姓北澤。他與大久保形成對照，完全沒有曬黑。

恐怕是工作太忙，根本沒有時間潛水、打高爾夫吧——百合根猜想。

「死亡證明是你開的嗎？」

大久保一介紹完，赤城便問北澤。對一個素不相識的人，這樣的語氣令人感到有點粗魯。但赤城神奇的力量在此也再度發威。

北澤毫不反感，而是以對同行的親切感回答：

「是我開的沒錯。」

「死因是？」

「溺死，無外傷，肺裡積蓄海水。送到醫院的時候，呼吸停止，心跳停止，瞳孔無反應。換句話說，已經死了。」

「聽說你看了耳朵？」

「因為聽說他是個潛水老手，我心想，可能有什麼特別的原因，這種例子很常見。水從鼻子灌進耳咽管，或是鼓膜受損有水灌入，三半規管就會失常，很多人因為這樣溺水。這也是游泳好手突然溺水的原因。」

赤城點點頭。

「若是進行解剖，應該會更明確吧。」

「對。可是，是溺水錯不了。需不需要行政解剖，是由檢方和警方判斷，而警方認為沒有那個必要。你知道全國非自然死亡屍體的解剖率是多少嗎？」

「不到一成。」

「對。會進行政解剖的大都市，勉強超過二成。但大都市以外的地方城鎮，經常連百分之零點一都不到。要是所有非自然死亡屍體都要解剖的話，地方醫生根本就別想工作了。」

「這我知道。我不是說你的驗屍有問題，只是想了解詳情而已。」

「這是一起不幸的意外。死因是溺死，沒有他殺嫌疑。警方也是這樣判斷的。」

「了解。」

北澤向赤城點了一下頭，便快步離開了。想必是有堆積如山的工作要處理吧。

大久保對赤城說：「我們也很有經驗，尤其是與海相關的意外。」

「我不是懷疑你們的判斷，而是我有義務要確認。這是我這個職務的本分。」

大久保稍事思索後回答：「我明白。」

「幸運草潛水」距離警署約十分鐘的車程，位於長根濱公園前日落棕櫚大道岔出去的路上。那條路兩側都是樹林。

樹林一消失，就有個小聚落，「幸運草潛水」就在那個聚落裡。

一走進他們的所在地，左手邊有一幢氣派的原木屋。再過去是木板搭的露台，那裡堆著潛水衣。

大久保筆直走進了原木屋的入口。百合根等人也三三兩兩跟進。

原木屋室內很寬敞，後半部擺著兩張大桌。其中一張坐著店裡的客人，他們潛水完正在喝罐裝啤酒。

大久保看著他們說：「上岸之後喝的啤酒特別美味。因為氣瓶裡的氣體經過壓縮，非常乾燥。」

柏葉也在那群人當中。一看到百合根等人他立刻站起來，帶百合根一群人到南側窗戶旁那張空桌。

百合根和菊川都穿著西裝，大久保則是穿制服。原木屋裡的客人多半是短褲、T恤的打扮。

百合根覺得他們的服裝與這裡格格不入，總覺得不太自在。來到這種休閒娛樂設施，還是翠的服裝最自然。

與原木屋極為協調的並排粗松木做成的桌子旁，圍著木製的長椅，上面擺了PU泡棉靠枕。

百合根等人圍著那張桌子坐下來。

大久保立刻問柏葉：

「你想說的是什麼？」

「嗯，是關於意外……」

「你知道些什麼嗎？」

「其實也不算知道啦，有件事讓我很在意，不過記憶不是很清晰。」

「說吧……」

柏葉停頓了一下，看來是尋思該從何說起。不久，他開始說：

「就是為朝傳說。我看到電視的播出，是午間的娛樂新聞節目。」

「《兩點看世界》是吧？」

「對，看了之後就覺得怪怪的。」

「住大島的人，沒有人不知道為朝傳說的。」

「我在意的是發生在奄美大島的那起意外。在奄美的加計呂麻出事的潛水人槙英則，大約十年前，曾經是我這裡的客人。我們開車移動到潛水點的時候，有人說起了為朝傳說。」

大久保一臉訝異地注視柏葉。

百合根也思考著這意味著什麼。是暗示奄美大島的意外事故與為朝傳說有關嗎？

菊川問柏葉：「槙英則是和一群人一起來的嗎？」

「這個我想不太起來。潛水以後，他寄了在海底拍的照片給我。照片實在拍得很棒，所以我才留下了印象。」

「開車移動到潛水點的時候，有人說起了為朝傳說……。你剛剛是這麼說對吧？」

「是啊。不過我那時候在開車，就沒怎麼留意後面客人的對話……」

「……這麼說，車上就有不止一個客人了。這不就可以推斷槙英則是和一群人一起來大島的嗎？」

「但實際上不見得。一個導遊，最多可以帶十個人潛水。經常都是單獨參加的客人和團體客人一起下水。」

百合根一邊留心自己的問題是否算誘導詰問，一邊小心地發問：

「會不會，前幾天在伊豆大島喪生的瓜生和巳當時也在場？」

「就是這一點啊！」柏葉說：「我就是覺得會不會是這樣……可是，我對瓜生和巳這個名字沒印象。……但也可能只是我想不起來。來過幾次的客人我會記得，可是，如果只來過一次，我就記不得了。」

菊川問：「沒有留下記錄嗎？」

「如果是這幾年的預約記錄可能還在。可是，沒有十年前的記錄……」

「員工裡沒有人記得嗎？」

「我很在意這件事就問了他們，可是，沒有人記得。……是這樣的，十年前的導遊連我在內一共有三位，但其他兩人現在都不當導遊了，不在我店裡工作。」

「他們說不定還記得。」

「我打電話問過了，可是他們都不記得。也難怪，因為當時槙先生的導遊是我。他們兩個是帶別的團去潛水。」

大久保和菊川若有所思。

百合根也思考著伊豆大島與奄美大島這兩起意外相關的可能性。萬一這兩者之間有所關聯，那麼很可能就不是意外了。

菊川問大久保：「瓜生和巳與槙英則，有人查過這兩位意外當事人的關係嗎？」

「我想沒有人查過。至少，我沒有向鹿兒島縣警詢問過，鹿兒島縣警也沒有問起。」

「有瓜生和巳的住址嗎？」

大久保望著半空露出搜索記憶的樣子。

「我記得是東京都目黑區鷹番……」

「槙英則是……」

菊川正要回想，柏葉便接話：

「東京都西東京市。報上有。」

「所以他們都住東京嗎。」菊川說：「那麼，就請本廳查吧。」

青山問柏葉：「當時有人提到為朝傳說，說了哪些？」

「我的印象是，這人懂得真不少。可是，細節我不記得了。畢竟當時我在開車，又想著那天潛水的路徑……。不過，我記得提到了很多地名。不止伊豆諸島，還有沖繩啦，奄美大島啦，對了，還提到橫濱也有為朝傳說……。」

「說話的是男人還是女人？」

「男人。」

「也有可能是槙英則這個潛水人說的？」

柏葉想了想。

「我不知道。可能性當然是有的，不過我不記得了。」

百合根開始混亂。

詢問《兩點看世界》的相關人員時，他對小西律子的死開始感到些許疑慮，但還不到有明確疑點的程度，借用菊川的說法，就是有「粗粗沙沙的」

感覺。

然而，在那之前發生的兩起潛水人之死，他就只當作意外來看。提起為朝傳說的是《兩點看世界》，百合根一直認為伊豆大島與奄美大島的意外是兩件完全不相干的事。

但是，死於奄美大島的槙英則曾在伊豆大島潛水，當時曾聽某人提起為朝傳說。

一如青山所指出的，也有可能是槙英則本人說的。

這該怎麼解釋呢？

總不可能是三起連環案件吧……。

百合根向赤城確認：「瓜生和巳先生是死於意外，沒有疑問嗎？」

「驗屍的又不是我。」赤城沉著一張臉回答：「不過，就我所知，並沒有懷疑的理由。」

「總之，要查查看。」菊川說：「我來聯絡搜查一課，二係應該會幫忙查吧。」

搜查一課第二係負責偵辦懸案。

萬一，瓜生和巳和槙英則之間有什麼關係，那麼原本視為意外的這兩起死亡應該當作他殺嗎？

百合根覺得更加混亂了。如果是這樣的話，那麼柏葉今天的話就是極為寶貴的證詞。

離開「幸運草潛水」，上了廂型車。

菊川正在沉思。百合根心想，他恐怕和自己同樣迷惘吧。

ST成員們也各自深思。

青山從調查之初就一直鎖定為朝傳說，而這下為朝傳說驟然間被大大特寫。

他們發現了什麼呢？百合根悄悄觀察青山。青山的表情跟在為朝古戰場時一樣憂鬱。

那個表情意味著什麼？百合根很想問，卻又不知道該怎麼問才好。

「喔，雲散了……」大久保說：「時間正好。運氣好的話，從濱之湯的露天浴池可以看到沉到海裡的夕陽喔。」

百合根實在沒那個心情，他感覺得出三起意外有他殺的成分在內。非用腦不可的事堆積如山，然而，又不知該從何想起。

現在不是悠哉游哉泡溫泉的時候。正想這麼說時，翠卻開口了：

「可以看夕陽的露天浴池，真好。」

濱之湯之行就這麼決定了。

每個人分別換上借來的湯浴衣，前往露天浴池。更衣處可以淋浴。露天浴池不是洗澡的地方，只是供人泡湯而已。

更衣室有男女之分，但來到露天浴池又是同一處。人人穿著各色泳衣，看來還是以潛水客和釣客居多。

大久保看到黑崎，瞪大了眼睛。

「好驚人的體格啊。」

百合根也是第一次看到他打赤膊。即使穿著衣服也同樣看得出他強健的體格，但沒穿衣服更是魄力十足。全身每一塊肌肉都很發達，簡直像人肉鎧甲。

更驚人的是，他身上每個地方都有無數傷痕。在在說明了他的武術修行之嚴峻。

黑崎的興趣是武者修行。只要有空，就會踏上修行之旅。好幾門古武術都已經學到出師了。

然而，對大久保而言，翠的登場還是比黑崎更具衝擊力。他望著翠美妙的身體，連話都說不出來，然後像看了不該看的東西般趕緊轉移視線。

就暴露程度而言，百合根認為湯浴衣和翠平常的穿著相差無幾，卻發現這細微的差異其實相當大。

光是腿比平常多露出十公分，印象就截然不同。而且，泡在水裡的模樣太教人興奮了。

「喔，西方的天空放晴了。」

一看，雲散了，露出一小方藍天。雲的輪廓染紅發亮，不久，太陽露了小半張臉，往水平線落下。

雲的顏色從亮橘轉為深紅，再變為紫色。

每個人都沉醉在這片美景之中。

此刻，連百合根也將工作拋在腦後。

10

「我還以為進了科搜研就不用出差，不會有搭飛機這種事，現在為什麼會這樣？」

翠極度不滿。

菊川從伊豆大島與搜查一課聯絡，說明了詳情。一課立刻展開行動，現正調查潛水意外的兩名當事人瓜生和巳與槙英則的關係。

科搜研的櫻庭大悟所長因而決定派ST前往奄美大島與沖繩。櫻庭所長興致勃勃。

「若是能證明沒有任何嫌犯的意外是他殺，ST就更風光了啊。」

櫻庭所長向統領ST的三枝俊郎管理官這樣打包票。

JAL飛奄美大島的班次一天只有一班。JAL1953上午八點四十分由羽田起飛，十點五十分抵達奄美大島。這個班次就是噴射機了，但卻是道格拉斯MD—81的機型，機體還是很小。

靠近中央有一條走道，面向機首右側有三行座位，左側兩行。對翠而言，這與飛往伊豆大島的螺旋槳飛機肯定感覺差不多。而且這次必須被關在飛機上超過兩個小時。

菊川還是坐她旁邊。百合根將照顧翠的工作全交給菊川。

百合根的旁邊是青山。

他一樣因為早起整個人呆呆的，但當飛機在跑道上開始滑行，他便拿出一本文庫本看了起來。

「你在看什麼？」

青山讓百合根看了封面，似乎懶得開口。

封面是《椿說弓張月》，看來是瀧澤馬琴原作的白話版。

剩下的頁數不多，顯然就快看完了。

百合根閉上眼睛。他希望盡可能保留體力，可以的話，希望稍微補個眠。

噴射引擎聲音突然變大，飛機正在加速。要起飛了。由於機身小，特別能感覺到加速的力道。身體被推向椅背。

飛機輕輕巧巧地離開了地面。

正在要睡非睡之際，百合根聽到一旁「哦」了一聲。

青山把《椿說弓張月》看完了。

百合根問他：「如何？」

「很好看啊。是為朝的冒險故事，也寫了保元之亂，所以是史實和傳說交織並陳。如果在現代應該算是傳奇小說吧。」

青山懶洋洋地說，看來頭腦和身體還沒有正式啟動。原以為他會陷入沉默，沒想到他難得繼續說：

「為朝在九州延攬了有雙頭狼之稱出身沖繩的擲石高手作為部下，並以他擅長的弓箭大發神威。統一九州之後便自稱鎮西八郎。在肥後娶了名為白縫的女子為妻，這個白縫後來對為朝的冒險記有深遠的影響。」

說著說著，口齒越來越清晰。

「為朝在保元之亂是屬於戰敗的崇德上皇這一方，潛伏於琵琶湖北濱時被俘，流放到伊豆大島。他在大島上教導人民如何飼養牛馬，贏得百姓信賴。這部分，我想是悖離史實的，但畢竟是以為朝為主角嘛，得把他寫成英雄。為朝在大島施行德政，備受島民愛戴，終於將伊豆諸島納於麾下……。狩野茂光之流根本就是壞蛋。」

百合根漸漸被青山所說的為朝的故事吸引。也許部分原因是剛去過伊豆大島，印象還很鮮明吧。

「後來為朝在伊豆諸島也繼續他的冒險記，這部分不重要。為朝自狩野茂光的攻擊逃脫，先去了八丈島，然後去到讚岐國，接著再前往肥後。在那裡，與分隔兩地的妻子白縫重逢。為朝與白縫生有一子舜天丸。為朝與舜天丸為討伐平清盛乘船前往京都，卻因暴風雨遭遇船難，舜天丸的船飄流到沖繩。然後，發生了很多事，反正，後來為朝和舜天丸重逢，連同被白縫靈魂附身的一個女人寧王女，一家三口解決了琉球王室的內鬨。為朝決心回日本，而舜天丸即位成為琉球王。就是舜天王。」

感覺故事後半省略了很多，但也足以使百合根理解《椿說弓張月》的梗概了。

「那麼，成為琉球王的就不是為朝本人，是他兒子囉？」

「對。據傳舜天是琉球王室始祖，但不知史上是否真有其人。馬琴是很高明地融入了這個傳說。因為傳說中的王叫舜天，所以把為朝的兒子取名為舜天丸。」

「意思是說，瀧澤馬琴是利用史實和傳說，自行創作了故事？」

「對，也許現代所知的為朝是馬琴創造出來的。他把為朝描寫成一個理想中的英雄，所到之處都是個廣施德政的英主名君。如果全部依照史實，恐怕根本不會有人記得為朝，更別說受人喜愛了。我們可以說，為朝是因為馬琴寫了《椿說弓張月》之後才出名的。伊豆大島的為朝館之所以能成為觀光名勝，之所以會豎立為朝碑，可能都要感謝《椿說弓張月》。」

百合根想了想，說道：「這些，和這次的案子有關嗎？」

「這我怎麼知道呢。」青山說：「更何況，是不是案子都還不知道呢。」

「話是沒錯……」

百合根對於櫻庭所長派ST前往奄美大島、沖繩出差備感壓力。負責東京都案件的警視廳職員遠赴奄美大島、沖繩出差，是絕無僅有的事。而且，又不是基於地方向中央尋求協助。就算意外當事人都是東京都民，也是破格待遇。

櫻庭所長對三枝管理官說的一句話也讓百合根壓力重大。

——不能空手而回。

往青山一看，他已經鼻息沉沉地睡著了。

奄美大島梅雨季已過，盛夏豔陽高照。東京一直是陰天，這裡的藍天顯得格外耀眼。

到處都充滿棕櫚樹和綠意盎然的南國植物。頭一次來到奄美大島，百合根覺得這裡簡直是另一個國度。

瀨戶內警察署派出一名便服警官來機場接機。加計呂麻島以地址而言隸屬於鹿兒島縣瀨戶內町，是鹿兒島縣警瀨戶內署的轄區。

年輕的便服警官名叫笠利忠雄。一看名片，是刑事課巡查。戴著眼鏡，長得一臉聰明相。

「您遠道而來辛苦了。」笠利對菊川說：「行李由我來吧？」

是那種幹勁外露的類型。

菊川說：「不，不用了。而且，我雖然是警部補，但那邊那位是警部大人。小心點。」

笠利吃驚地朝百合根看：「請原諒我失禮了。」

「請別放在心上。」對百合根而言，這真的不算什麼：「倒是你特地來接機，辛苦你了。」

「哪裡，有什麼吩咐請儘管說。」

笠利開心地說。很難判斷他是真的善良熱心，還是隨時都想爭取加分的類型。

但是，鹿兒島縣警的警官拍警視廳的人馬屁，是得不到任何好處的，所以他應該天生就是積極進取的個性吧。

菊川問笠利：「那麼，我們要怎麼行動？」

「您一行人是七位，所以我租了小巴。因為署裡沒有合適的車子……」

「那真是讓你們破費了。」

「請不要客氣。」

百合根介紹了ST的成員，笠利露出了典型的反應。先是以訝異的神色看著這實在不像警方同仁的五個人，然後注意力立刻放在翠身上。接著看到俊美的青山又露出驚愕的表情。

「我們這就出發吧。」菊川說。

「好的。」笠利總算收回視線說：「首先，要去哪裡？」

「就沿著永島先生的行程走吧。」菊川說。

百合根當然沒有異議。

笠利駕駛的小巴直接朝古仁屋港前進，從那裡搭乘渡輪。渡輪在這裡感覺是生活化的交通工具，大多數乘客是外出購物的主婦。

不久便抵達瀨相港。從這裡再分乘兩輛計程車行動，大約十分鐘便抵達永島採訪過的潛水店。

加計呂麻島緊鄰奄美大島南方，但實際來到這裡，與看地圖想像的印象相距甚遠。

山很多，計程車沿著山路前進，翻過好幾座山頭。百合根沒想到這片土地竟如此多山。

潛水店「深藍」位於諸數這個聚落旁的海岬底部。

伊豆大島的「幸運草潛水」與海有點距離，但「深藍」卻可俯瞰大海。這裡的海和本州的完全不同，是綠寶石般的海。

他們前往伊豆大島野田濱這個潛點的時候是陰天，海看起來灰灰的。而南國小島的海竟如此不同，令百合根大為驚訝。

「深藍」兼營民宿。民宿與潛水店沿著馬路比鄰而立，有個寬闊的草地中庭。中庭裡棕櫚樹與林投欣欣向榮，後方是海灘。

店主名叫宏洲忠。一聽到「HIROSHIMA」，百合根頭一個想到的字是「廣島」，等知道是寫成「宏洲」時不免有點吃驚。據說這是奄美大島的姓氏。看店的女子告訴他們，店主現在當導遊出海了。這位曬得很黑、三十出頭的女子多半是老闆娘吧。

她也不例外，對警方竟大陣仗來了八人吃了一驚。

「請問老闆大概什麼時候會回來？」

菊川一問，她便以不安與猜疑交雜的眼神回答：「船要傍晚才會回來……」

「不好意思，請問您是宏洲太太嗎？」

「嗯，是的。」

「請問大名？」

「我叫智代。」

「如果您方便的話，我們想稍微請教您一些問題……」

話說得很客氣，語氣卻不容拒絕。這是刑警的獨門絕活。

老闆娘眼神依舊不安，回答：「什麼事呢？」

「想請教一些關於潛水意外不幸身亡的槙英則先生的事。」

宏洲智代幽幽嘆了一口氣：「還有什麼要問的？警察已經來問了好多了，連電視台都來採訪過。」

「真是不好意思，我們是從東京的警視廳來的。問題也許會有所重複，不過為了確認，這都是必要的。」

不愧是老手，菊川不疾不徐地說。

「警察先生要問什麼？」

「聽說槙先生在這裡借了氣瓶，是這樣沒錯嗎？」

「這個我不清楚，因為我主要是負責民宿方面。潛水店的事要問我先生才知道……」

「聽說潛水店偶爾會只租氣瓶給潛水老手……」

「我們很少這麼做。只是如果是認識很久、又能夠信賴的潛水人，也許偶爾會出借……」

「槙先生是認識很久、又能夠信賴的潛水人嗎？」

「是的，他每年都會來我們這裡。」

「從什麼時候開始？」

「這個……大概有十年了吧……」

柏葉說，槙英則去伊豆大島的「幸運草潛水」也是十年前。所以後來他就不再去伊豆大島，而常到加計呂麻來潛水嗎？

「他來了都是住這裡嗎？」

「是的。到加計呂麻的時候，都是住我們這裡……」

「你們很熟嗎？」

「是的。」

「槙先生有沒有什麼宿疾？」

「不知道呢，沒聽說過。」

「這次，有沒有什麼不尋常的地方？」

宏洲智代想了想。

「我覺得沒有什麼不尋常的。」

「出事的前一天，聽說他喝了不少……」

「這也是老樣子。因為楨先生很愛喝酒……。他總是說，來奄美最期待的就是喝黑糖燒酎。」

菊川看向赤城。

赤城什麼都沒說。

百合根看了看錶，才十二點剛過。既然店主宏洲忠不在，待在這裡也不是辦法。

氣溫想必已超過三十度。百合根和菊川都穿西裝，更是熱上加熱。

在這種地方，還是翠的服裝最合適。宏洲智代也是白熱褲橘T的打扮。

百合根問笠利：「出事時，最先趕到的是誰？」

「消防的救護隊員。」

「救護車從哪裡開來……？」

「瀨相，那裡有消防分局。」

百合根問菊川：「要不要先回瀨相去拜訪一下？」

「這個嘛……」

這時候，青山說了：「吶，你們餓不餓？」

菊川回道：「的確是餓了，先填飽肚子吧。吃過飯，再詳細請教笠利先生。」

笠利點點頭。

「這樣的話，我知道有好餐廳。雖然是民宿，但餐點很好吃。我來打電話。」

百合根讓笠利全權處理。

他們先行離開了「深藍」，驅車前往瀨相。途中有一幢民宅，笠利將車子開過去。

民宅式的建築有一部分漆成淺藍色，旁邊有白色的招牌。招牌上以鈷藍色的字寫著「民宿龜亭」。

「這裡的料理滿厲害的喔，算是內行人才知道的隱藏版美食吧。」

穿過建築物與建築物之間狹窄的通道，便是寬敞的露台，前面就是海了。白色的沙灘襯著祖母綠般的海。海的顏色與其說是藍色，更接近綠色。

多虧笠利先打電話預約，店家馬上就上菜了，端出了很像鯛魚的白肉魚生魚片。但如果是鯛魚，魚皮的部分應該是紅的，這魚皮卻是藍色的。

「這是日本鸚鯉。」笠利說明。

接著是山葵醬油拌雞生、主菜雞飯陸續出場。把蛋絲、慢燉入味的香菇絲等配料，依照個人喜好放在飯上，淋上雞湯，以茶泡飯的方式食用。據說，這是以往奄美的居民用來招待薩摩藩武士的菜餚。即使是天熱沒食欲的時候，也能唏哩呼嚕喝下肚。

聽了這樣的說明，百合根覺得很有道理。

青山開始把飯上的配料弄得像爆炸過般凌亂。

菊川冷眼看著，問笠利：「意外死亡是誰判斷的？」

「是次長。」

「次長親自到場？」

也難怪菊川吃驚。次長，在署裡是僅次於署長的老二。依警察署的規模，有的稱為次長，有的稱為副署長。

「是啊，我們署很小嘛。而且，刑事案件是次長的專長。」

「詳細告訴我們發現屍體當時的情況。」

「加計呂麻的消防分局跟署裡聯絡，派出所的巡查就趕去了。救護隊把人送到瀨相的衛生所，可是，已經來不及了。負責的醫師說是缺血性心臟衰竭。」

菊川看了赤城。赤城冒出一句：「也就是所謂的心因性猝死。」

「什麼情況下會發生？」

「因為某些原因，血液無法流至冠狀動脈，心臟因此欠缺氧氣和養分。狹心症和心肌梗塞發生的原因也一樣，但症狀又急又快，連心電圖都來不及做就死亡，或是經解剖不見心肌壞死，都稱為缺血性心臟衰竭。」

「可能是哪些原因引起的？」

「動脈硬化、高血壓、高血脂等生活習慣病都有可能。而血管本身的痙攣和心律不整也是常見的原因。」

「那麼，就不是意外死亡，是因病死亡？」翠說。

「因為是死在海裡，所以兩者皆是。」菊川說：「這就要由負責驗屍的人判斷了。」

笠利點了好幾下頭：「有些壽險理賠意外死亡和病死的金額會不同。」

「一般這種情況我們是不想當作意外來處理啦……」菊川說。

百合根明白他的意思。病死是醫院的工作，但意外死亡就是警方的工作。忙得天翻地覆的警視廳各署也許會當作病死來處理，誰都不想增加自己的工作。

「我們次長是說，人死在海裡，以後又可能會發生同樣的狀況的話，就應該當作意外。為預防不幸再度發生，最好是這麼處理。」

笠利看著菊川說話時，眼神透露出他對次長這番話的感動。百合根也有點感動。這位次長，看來是一位深明大義的人物。

赤城問笠利：「沒有解剖吧？」

「沒有。我們不是大都市，這方面實在很難……」

赤城無言點頭。

「可以認定沒有他殺嫌疑？」菊川問笠利。

「沒有任何可疑之處。」

用餐完畢，一行人搭車前往瀨相。首先拜訪消防分局。

問到了兩位負責的救護隊員。隊員名叫杢田雄與簗島道德，兩人都是中等身材，曬得很黑。杢田三十四、五歲左右，簗島則是四十出頭。

主要由菊川發問。內容，與伊豆大島的如出一轍。

「待在島上啊……」簗島說：「和海難的緣分就切也切不斷。一年不知要處理多少海難……」

聽他這麼說，赤城問：「這次，你們趕到的時候，已經不是心室顫動，而是心跳停止了吧？」

「對。雖然送進衛生所，但已經沒救了。」

「去顫呢？」

築島搖頭：「沒用。」

「但還是送去衛生所了？」

「因為我們不能開死亡證明啊。」

「醫生說是缺血性心臟衰竭，對此你們怎麼想？」

築島考慮片刻，慎選用辭般回道：

「沒有懷疑的元素。不幸喪生的槙英則先生，明顯是肥胖體型。雖然不是每個肥胖的人都有心血管疾病，但風險較高。可以合理懷疑他的心臟有潛在性危險。」

赤城點點頭，沒有再發問。

百合根判斷他應該是滿意了。既然赤城都問完了，百合根也沒有什麼要問的。

接著，他們造訪了當時收容屍體的衛生所。負責的醫師有著一頭白髮，體格壯碩。名叫福田喜一。

福田所描述的內容，與笠利和救護隊員的話並無矛盾之處。

大致說完之後，赤城問：「未經解剖，您卻認定是缺血性心臟衰竭，是基於什麼理由？」

「首先，不是溺死。因為喉嚨和嘴裡都沒有起泡……。唯一的可能是在嘴裡咬著調節器的狀態下，有什麼症狀發作了。找不到腦溢血、腦梗塞的症狀。再來就是肺栓塞或是心臟病了。下肢和顏面不見浮腫，所以排除了肺栓塞。剩下的，就是心臟。」

「潛水這種活動，對於有心血管疾病的高風險人士會造成負擔嗎？」

赤城的語氣有些變了。

福田搖搖頭：「如果是潛水老手，據說比走路還輕鬆。」

「那麼，為何會引發缺血性心臟病呢？」

「他可能有糖尿病。雖然無法解剖，但我驗了血，血糖值很高。」

「原來如此。」赤城說：「我明白了。那麼，就是無痛性心肌缺血了。」

福田滿意地點點頭。神色彷彿老師看著得意門生。

「對，缺血的原因多半是冠狀動脈痙攣。但是，由於糖尿病造成的神經障礙，不會感覺到痛。要是像一般狹心症那樣感覺到劇烈疼痛，也許就能撿回一命。」

赤城微微點頭，結束了詢問。

福田點頭以報。

一出衛生所，菊川便問赤城：「你同意那位醫生的看法？」

赤城回答：「他是真正的醫生。」

百合根聽得出這是明快的回答。換句話說，福田的判斷不可能有誤。從赤城對福田的態度也看得出來。

赤城顯然對福田另眼相看，一定是在短短交談中便感覺到福田是位值得信賴的醫生吧。

說是信賴，也許更接近尊敬也不一定，他瞬間便看出福田是位名醫。這只有赤城才看得出來，也可以說，因為是赤城才看得出來吧。

菊川更進一步問赤城：「沒有他殺嫌疑吧？」

「就我的領域而言，沒有。」

菊川點點頭。

「那麼……」笠利說：「接下來呢？」

青山說：「熱死了，我們走了啦。」

百合根連忙說：「不查為朝傳說了嗎？」

「為朝飄流到加計呂麻之後，為了擊退握有琉球霸權的曚雲軍的高壓統治，前往奄美大島本島。在這裡遇到了妻子白縫之靈附身的琉球寧王女。《椿說弓張月》裡說，寧王女當時就潛伏在赤瀨之碑所在的海口，但這赤瀨之碑其實並不確知是哪一座碑吧？」

「是啊。」笠利說：「西鄉隆盛謫居附近有一座為朝的族墳，也有人推斷說應該是在那一帶的海口……」

「哦……」山吹說：「西鄉隆盛曾經兩度蟄居奄美大島嘛。」

笠利說明：「第一次，是在大島東北部的龍鄉町。第二次是沖永良部島。」

青山問：「西鄉隆盛是被罰以禁足在奄美大島的嗎？」

山吹說：「到底是不是被罰，眾說紛紜。他最後是被捲入了幕末政變和島津家的權力鬥爭，但實際上他在奄美大島期間仍領有一年六石的扶持，換句話說是有領薪水的，所以應該不是被流放吧。」

笠利點頭。

「西鄉先生是奉島津齊彬之命，在京都為統合尊皇派志士而奔走。因此幕府下令通緝，薩摩藩便讓西鄉先生逃到奄美。」

「西鄉隆盛住過的房子附近，就有和為朝有關的墓？」

青山似乎突然有了興趣。

「是啊，我是這麼聽說的。」

「我想去看看。」

百合根對青山說：「傍晚『深藍』的老闆就會回來了，要先跟他談過以後……」

「那個喔，我倒是覺得已經沒有意義了。」

菊川瞪了青山一眼。

「就算沒有意義也要去，這就是警察的工作。」

菊川說的一點也沒錯。如果有哪個推論錯了，也必須找出錯誤的證據。這就是警察的工作。

青山應該也很清楚才對。但他還是說「已經沒有意義了」。

這讓百合根十分在意。

11

「小律的位子，就讓沙織來接吧。」

瀨戶村突然在《兩點看世界》的會議中這樣發表。

永島有點吃驚。的確，元宮沙織曾任《兩點看世界》的外景特派員，是後繼人選之一並沒錯。

然而，永島認為元宮不夠亮眼。她是長得不錯，身材不錯，口條也不錯。

但是，在電視圈光這樣是不夠的。

小西律子個性鮮明。雖然不理睬基層的人，缺點也很多，但她就是上鏡頭。

她被中年男子視為「療癒系」，也受到中年主婦喜愛。這樣的特色最適合《兩點看世界》。

《兩點看世界》可以說是靠她的人氣撐起來的。至少永島這麼認為。

「柏德事務所」有好幾名女播報員。永島一直覺得，有人比僅僅是特派員的元宮沙織更適任。別的不說，要輔佐瀨戶村，沙織太年輕了——永島這麼想。

然而，沒有任何人會反對瀨戶村的決定。在《兩點看世界》裡，事實上瀨戶村握有所有的決定權，就連中田CP也無法推翻瀨戶村的決定。他就是以這樣的條件把瀨戶村挖角來東視的。

元宮沙織因為突然被提拔而驚訝，顯得不知所措。但是在永島看來，那顯然是演的。

元宮沙織很怕小西律子會進「柏德事務所」。因為她認為小西律子這樣特色鮮明的播報員一進來，自己的機會就更少。去奄美大島採訪時，她曾明白這樣表示。

永島認為，這不難理解。一個人不能沒有野心，在競爭激烈的電視圈更是如此。

然而，元宮沙織這次獲得提拔，卻讓永島感到不是很心服。永島並不討厭沙織。他自認是屏除了個人好惡，給了她公允的評價。

正因如此，他才難以相信《兩點看世界》的助理主播這個位置竟然給了她。

會議結束，開始綵排。

元宮沙織今天起就要上節目，她也會參加綵排。

「沒想到，竟然是元宮沙織接小西律子的位子啊……」

在副控室的面板前，加島導播說。

永島什麼都沒說。要是多說了什麼傳進瀨戶村耳裡，會很麻煩。

給年輕新手試煉，刺激他們成長，也是一種做法。給他們稍微高一點的目標，要求他們達標，能迫使他們成長。瀨戶村極有可能對沙織懷著這樣的期待。

如今小西律子不在了，必須培養新人。在這種情況下，最好不要找同類型的人。一旦是同類型，無論如何都會拿來跟小西律子比較。沒有人贏得了死去的人。

然而，永島難以釋懷，不禁懷疑瀨戶村與沙織有私人意圖。

永島不知道他們兩人私下是否有密切關係。他對這種事沒興趣，但並非不可能。

只要稍微打聽就打聽得到。永島這麼想。

若在平常，永島多半會不把這種事當一回事。然而，這次不同。萬一沙織與瀨戶村私下有深交，那麼也許小西律子同樣也有。

這麼一來，對小西律子之死的看法似乎會略有不同。現在人人都認為小西律子是死於意外，可是，如果是他殺的話，瀨戶村與沙織之間的深入關係，難道不可能是動機嗎？

永島認真思索。

一切都只是假設。瀨戶村和沙織在一起是假設，小西律子不是死於意外而是被殺也不過是假設。

然而，不能否認有這個可能性——永島做了這個結論。

兩名刑警來到「幸運草潛水」，給柏葉看了一張照片。

那是一張團體照，人人都穿著潛水衣，大概是潛水紀念照吧。

身材微胖的年輕刑警說：「這張照片裡有沒有您見過的人？」

柏葉仔細看了照片。照片裡共有五人，三男二女。很多人都是來到當地之後才認識潛水同好的，所以無從判斷他們是本來就認識、還是在哪裡認識了才拍這張照片作為紀念。

柏葉想起來了。

這張照片裡有在奄美大島身亡的槙英則。然後更加仔細地看了照片，記憶驟然間復甦了。

「我認得槙先生。然後，他旁邊的男人我也有印象……」

另一位刑警點點頭。這位年紀較長，整頭往後梳的頭髮中參雜了些許白髮。

「那個人，是槙先生的潛友，里見裕太先生，和槙先生同年。據說他們大學時就認識了。」

「里見……」

不記得，但記憶慢慢回來了。

「我記得，他們應該是三個人一起來大島的。對了，他們曾經一起在民宿下面的一家酒吧喝酒……」

「對。而另一個人，就是在大島喪失的瓜生和巳先生。」

柏葉注視著較年長的刑警片刻。

「在那起意外中喪生的，來自本土的教練就是……」

「對。槙先生和瓜生先生認識。」

柏葉更加努力喚醒模糊的記憶。

沒錯。在車上大談為朝傳說的，就是里見這個人。他們加上瓜生三個人一起來大島潛水……這樣的話，槙和瓜生就是聽眾了。

槙、里見和瓜生這三個男人結伴而來……。

對，想起來了……。

來「幸運草潛水」潛水的客人都會到一家民宿投宿，從那裡朝海岸下了坡，有一家小酒吧。他晚上常和常客一起去那裡喝酒。

槙他們並非常客。他們三個是一起報名的，但都是初次到訪。

柏葉正在和常客喝酒的時候，他們也進來了。他想起在那裡，里見還是在談為朝傳說。

柏葉把這件事告訴了刑警。兩位刑警做著筆記，專注傾聽。

「難道不是意外嗎……」柏葉說。

微胖的年輕刑警一臉為難地說：「您怎麼會這麼想？」

「因為，他們三個認識啊。然後，說為朝傳說給去世的兩個人聽的是那位里見先生。而槙先生和瓜生先生兩人，雙雙在與為朝傳說有淵源的地方喪生……」

柏葉這一說明，兩位刑警對看一眼。

「這個嘛，是可以做各種推測啦……」年長的刑警說：「但目前還是意外……」

柏葉心想，這說法真是微妙。

刑警們也許只是想來確認槙、瓜生、里見三人認識而已。然而，柏葉所說的，恐怕超乎刑警的預期。

聽了柏葉的話，警方很可能會開始對於意外死亡產生懷疑。

柏葉本身也開始認為不是意外死亡了。事情怎麼可能這麼巧，一切都與為朝傳說有關。

兩位刑警離開之後，柏葉還是不斷思索。

如果不是意外，那麼那兩人就很可能是他殺的。在這種情況下，嫌犯顯而易見。就是那個里見。

柏葉這麼想。聽了他的話，刑警當然也會這麼認為。如果這真的是殺人命案，那麼自己也許為破案盡了一己之力。

然而，他並不以此為喜。

儘管本來忘了，但曾經來過「幸運草潛水」的兩名客人相繼死亡，心情還是萬分沉重。

更何況殺害兩人的是朋友……。

無論真相如何，希望能儘早破案。

柏葉這麼想著。

節目一結束，瀨戶村便說要辦元宮沙織的歡迎會。元宮沙織顯然一點都不受其他工作人員歡迎。

由於事出突然，眾人都不知所措，瀨戶村一定也察覺了這種氣氛。歡迎會決定在他們常去的義式餐廳舉行。

說是歡迎會，但八成也和檢討會、平常聚餐沒什麼兩樣。參加的人也差不多。

永島和加島、楠田兩個導播負責安排。訂場地、和餐廳討論費用、收錢、找相關人員參加。

這件事最不好辦的地方，在於節目結束之後才匆促開始安排，即使如此還是有十多個人參加。中田CP晚點也會到。

瀨戶村說了些祝賀的話，帶領大家乾杯。元宮沙織也開心地向大家說了幾句話。

她很隨和，連外部的工作人員都招呼到了。也多虧如此，場面很熱鬧，工作人員似乎都對元宮沙織有了好印象。

瀨戶村的計畫很順利。

「沒想到她挺擅長交際的嘛……」

楠田導播對永島說。永島、楠田和加島三人，占了最靠邊的位子。

永島點頭：「我想至少比小西律子好相處。」

「起用她，其實也不錯吧？」

說這句話的是加島。他推了推眼鏡，望著隔著老遠的元宮沙織。

元宮沙織的個性的確比小西律子好得多。但，人紅了會怎麼樣就很難說了。若真如此倒可說是半斤八兩。

「今天早上，瀨戶村先生說要起用沙織的時候，我嚇了一跳。」

聽永島這麼說，兩位導播同時看向他。

「事前沒有知會你嗎？」楠田問。

永島搖搖頭：「我跟大家一樣，是今天才知道的。」

「我還以為是跟你商量過的。因為，奄美大島她是跟你一起去的不是嗎？」

「瀨戶村對《兩點看世界》的投入非同小可，完全當成自己的節目。但反過來，我想他肩上的責任也一樣重。坦白說，要是這個節目沒做起來，瀨戶村就沒有下次了。」

楠田和加島偷偷對望一眼。

永島察覺到了，對楠田說：

「怎麼？你以為我會不知道瀨戶村處在什麼樣的立場嗎？」

「倒不是這樣……」楠田說：「只是沒想到『柏德事務所』的人會把話說得這麼白……」

「你從中田CP那裡聽說了什麼嗎？」

「不用聽說，只要待在台裡就知道。」楠田說：「台裡想收掉《兩點看世界》。」

永島說：「那就快收啊。」

「你剛才不是說，這個節目沒做起來瀨戶村先生就沒有下次……」

「在東視是這樣沒錯。但『柏德』又不是倒了。我們會再想別的企畫去別的電視台提案。瀨戶村只要暫時休養就好，他又不缺錢。」

「中田CP可沒這麼好過。說動瀨戶村先生，大張旗鼓把他請來開《兩點看世界》的，就是中田CP啊。」

「真不敢相信。這是生意，沒收視率就收，這點道理瀨戶村當然不會不懂。」

「中田CP在意的不是瀨戶村先生的心情，而是電視台高層和贊助廠商啊。」

元宮沙織拿著啤酒瓶走過來，永島與楠田便中斷了談話。

「請多多照顧、多多指教。」

沙織在楠田、加島、以及永島的玻璃杯裡都倒了啤酒。

「我什麼都不懂，還請幾位教導。」

說完，她又去為別的工作人員倒酒了。

加島推了推眼鏡，說：「喔，很謙虛嘛。讓人忍不住想幫她一把。」

永島對加島說：「身為同事，要拜託你們多照顧了。」

「可是……」加島眼鏡後的眼睛眨了眨，看著永島：「沙織不是和瀨戶村先生在一起嗎？」

果然有這種傳聞啊……。

永島心想，這種事，永遠是外面的人更清楚。也許只是傳聞，但畢竟無風不起浪。

「我不知道啊，是誰說的？」

加島趕緊說：「是她本人說了類似的話。她是說，說不定《兩點看世界》的助理工作哪一天會輪到我喔。」

永島完全不知道。換句話說，這次起用沙織，加島他們多少已經料到了。只有永島一無所知。

「那……」永島把聲音壓低：「瀨戶村先生是打算請小西律子走人嗎……」

「這就不知道了。」回答的不是加島而是楠田：「因為，你也知道的嘛，小西律子是中田CP的『那個』啊……」

這也是永島不知道的，他一直以為大家都只是同事而已。

小西律子和基層工作人員連話都不願說，但他一直以為這是她個性上的問題。

然而，也許並非如此。這個節目地位最高的，是中田CP。握有實權的也許是瀨戶村，但站在組織頂點的，是中田。

假如小西律子本來就與中田關係匪淺，那麼她的態度和對待身邊的人不假辭色就不難理解了。沒有任何人敢對小西律子的態度說半句話，因為他們早就死心了。

永島沉思。

新助理元宮沙織與瀨戶村有密切關係。而小西律子是中田的情婦。這和小西律子的死有什麼關聯嗎？

搞不好，同去採訪的楠田會知道些什麼，永島這麼覺得。現在必須慎重行事。

永島本來一直認為小西律子是死於意外。然而，若事實並非如此……

永島開始認真思索。

萬一，不是意外死亡，而是他殺的話，那麼殺害她的人或許就在《兩點看世界》這群人之中。

那麼，與她一同前去採訪的楠田嫌疑最大。

小西律子據說是死在深夜，清晨被發現屍體漂浮在港口。如果是楠田，是不是有可能把她叫到港邊？

總之，最接近她的是楠田。

萬一真是如此，那麼動機為何？

永島想著。

有可能是男女之間的情感糾紛。

楠田單戀小西律子，而他知道小西律子與中田CP的關係。也許明明知道，還是加以追求。

如果真是這樣，小西律子一定是狠狠給他吃了閉門羹。畢竟，她是主任製作人的女人，眼裡根本沒有導播這種人。

惱羞成怒的楠田在衝動之下犯案──這是十分可能的。

永島在腦海中來來回回檢視自己剛想到的這番推理，有沒有什麼關鍵性的錯誤？

但就目前想到的，他覺得沒有漏洞。的確，一切只不過是基於假設的推論。然而，他也覺得就可能性而言是非常高的。

該不該告訴警方？或者裝蒜裝到底才是上策？

楠田是重要的同事。然而，也就只是同事。雖然是個好酒伴，但萬一他犯了罪，卻也沒有理由視而不見。

永島感覺到天生的正義感正要抬頭。

身為記者的正義感。

如果有機會，應該告訴警方。但是，沒有特地去通報的必要。要視機會而定。

永島暗下決定。

12

「深藍」的老闆下午四點多回到事務所，是開車帶著客人回來的。

他與笠利似乎認識，但一看就知道兩人並沒有深交。百合根猜想，可能是巡邏時認識的。這種情形在地方上很常見。

笠利介紹了百合根與菊川。

老闆說：「我是宏洲忠。」

他從事務所的架上拿出名片，遞給百合根他們。

「可以請教您一些問題嗎？」菊川問。

「請說。」

宏洲的表情不變。蓄著鬍子的臉悶悶不樂，似乎仍舊為槙的死哀傷。或者，是認為面對警方，採取這樣的態度比較明智？

菊川把在中庭的ST五人叫來。宏洲顯得很驚訝，看來是沒想到警方竟然來了五個人。大概是把他們當成潛水客了吧。不過，看到翠穿得那麼清涼，也難怪他會這麼想。

百合根和菊川在事務所裡直接站著談話。ST五人也只好一直站著。

「您將氣瓶借給了不幸喪生的槙先生？」菊川問。

宏洲點頭：「不過，那可沒有違法喔。」

百合根覺得他過度警戒了，也許是認為警方要追究他的過失。

視情況並非不可能。但目前，百合根並沒有那個意思。

「您借了氣瓶給他，沒錯吧？」菊川再度詢問。

「對，是我們借的。」

「借了之後，槙先生做了什麼？」

「和一般潛水客一起上了小船。小船從生間港出海，入水是和其他客人一起。接著，槙先生在水裡開始單獨行動，每次都是這樣。如果槙先生回到小船，就和大家一起回來。出水的時間其他客人也都不太一樣，所以不成問題。」

「在這裡潛水的時候，槙先生都是這樣嗎？」

「是的。他是攝影師，海底攝影是他的興趣。他常說，總有一天要靠這個吃飯。拍照的人，不太能和其他人一起行動。更何況，槙先生對海熟悉的程度，和教練不相上下。」

「通知消防隊的，是您嗎？」

「是。因為他遲遲沒有回來，我很擔心，開船到入水點附近繞了一圈。

就是那時候發現槙先生漂浮在海上。他恐怕是在海裡感覺到身體有異狀，試著自行出水吧。我想他是在半路耗盡了體力而死的。」

赤城對宏洲說：「現場離這裡很遠嗎？」

「不遠，加計呂麻是個小島……」

「我想去看看……」

「可以啊，我開車帶你們去。」

所有人擠上了潛水店的廂型車出發。車子駛過高低起伏的路。

宏洲停了車，說道：「接下來要用走的。」

一行人跟著宏洲走。那裡有一座整理得很漂亮的公園，細長的人行步道盡頭，豎立著一塊氣派的碑。

「那是島尾敏雄的文學碑。」笠利以嚴肅的語氣說：「島尾敏雄是以震洋特攻隊隊長的身分前來我們加計呂麻赴任的。在呑之浦這裡，還有實物大小的震洋模型。」

「震洋就是在船頭裝了炸彈的特攻艇吧？」菊川問。

笠利點點頭。

呑之浦是座美麗的海灣，海水真的是翠綠色的。山緊鄰海灣，當時就是在那裡打了洞，把震洋藏在裡面。

現在那個秘密基地又重見天日。震洋的實物大小模型就架設在洞穴般的基地裡。

宏洲從震洋基地附近指著海說：「那邊有個珍珠養殖場，潛點就在那附近。槙先生好像是想從這個海灘出水。」

赤城皺起眉頭。

「為什麼不上船，要從海灘上岸？」

「應該是判斷就位置而言海灘比較近吧。而且，那個點旁邊有養殖場搭的網，要是被絆住了，就算是潛水老手也很難脱身。也許是為了避開那個，但無論如何，答案只有槙先生知道了。」

「他漂浮在哪個地方？」

「那邊。」

宏洲毫不猶豫地指了海上某一點。大概是印象特別深刻，也有可能是根本想忘也忘不了。

赤城朝宏洲所指的地方眺望片刻，然後對菊川說：「我們走吧……」

「滿意了？」

「對，我只是想看一下現場而已。」

「真用心。」菊川對赤城說：「這可是調查員最基本的基本功。」

「我又不是調查員。」

「特搜的名字不是叫假的吧？」

赤城不答，開始朝來時的路折返。

從加計呂麻回奄美本島的最後一班渡輪是下午六點五分，由瀨相港出海。

宏洲開車送他們到瀨相。

臨別之際，赤城對宏洲說：「是缺血性心臟病發作。」

宏洲吃了一驚，看著赤城。

「咦……？」

「而且，因為糖尿病的關係，發作時本人不覺得痛，即使發生在陸地上可能也很難救。」

宏洲直盯著赤城看。

「所以，您不必感到內疚。」

宏洲剎那間以得救了的表情看著赤城。

赤城一個轉身，快步走向渡輪。

菊川看到這一切，悄聲對百合根說：「那傢伙也是有優點的嘛。」

百合根以耳語回道：「赤城先生是天生的領袖。別看他那樣，他隨時都很關心別人的。」

翠朝百合根瞄了一眼，微微一笑。無論聲音壓得多低，她都聽得見。

百合根莫名感到難為情。

坐進停在奄美本島古仁屋港停車場裡的小巴，笠利對青山說：

「從這裡到西鄉南洲的謫居之處，要縱貫全島，到的時候天色應該全暗了，還要去嗎？」

南洲是西鄉隆盛的雅號。奄美的人似乎偏好稱他為南洲。

「明天飛那霸的飛機是幾點？」

「十二點二十五分，所以只要十二點到機場……」

「從機場到西鄉隆盛的謫居之處很遠嗎？」

「不會，很近。」

「那，明天早上再去就好了。」

「那麼，我送大家到飯店。」

就連百合根都累了。明天必須飛往那霸，前往小西律子身亡的運天港。

在去飯店的路上，百合根發楞似地想著。

到目前為止，他們調查了兩起潛水人的死亡意外。都沒有可疑之處。至少，看來赤城認為當地警方判斷為意外死亡沒有不妥或錯誤。

青山則對為朝傳說十分感興趣。為朝的詛咒是真的嗎？

青山斷言真的有詛咒，說有心理學上的證明。

而赤城也說，以醫學的觀點而言，詛咒是可能的。

但是，青山卻說這次的事不適用於詛咒。既然如此，為什麼青山還這麼在意為朝傳說呢？

青山的確是位個人主義很強的人，說難聽點就是任性。但他不是不講理的任性，都是有理可循的。他不做任何無謂之事。

難道，青山認為這次三起死亡，是與為朝傳說有關的連環命案？

百合根試著認真思考其中的可能性，但想不出個所以然。目前，搜查一課二係應該正在幫忙進行各項調查吧。

從調查的結果，或許會有什麼新發現。百合根只能這樣期待了。

西鄉南洲住過的房子，是茅葺屋頂的一般民房。當時的龍鄉村現在則是龍鄉町，那幢房子就靜靜地佇立在龍鄉町裡。

如今該處已成為觀光景點，裡面展示了種種與南洲有關的文物，如勝海舟所贈的碑文、來信，他本人的親筆書法、日用品等。

西鄉南洲與當地名門龍氏之女愛加那結婚，與愛加那生有兩個孩子。

百合根等人來訪的時候，一根應是古櫟的木材因為局部整修而置於簷廊，榻榻米也變色成琥珀色，令人感受到時光的流逝。

為朝子孫之墓，就在西鄉南洲住過的房子旁邊。那是為朝一族的專屬墳墓。墳墓的形狀感覺與日本本土的沒有什麼不同。石碑上的確刻著「鎮西八郎為朝子孫之墓」。

「既然來了……」

山吹走出來，雙手合十。他一開始誦經，百合根的心情立刻肅穆起來。菊川和笠利看來也一樣，他們也都低著頭。

山吹誦完經，笠利便一臉意外地問：「請問……您是和尚嗎？」

「是啊。我家是寺院，我也有僧籍。」

百合根對青山的樣子感到好奇。他雖然仔細看了墓，但很快就興趣全失般站在一旁。

百合根問笠利：「這座墓，真的是為朝後代子孫的墓嗎？」

「這個……是有這樣的傳說。為朝的子孫好像在這塊土地上悄悄地生活。奄美大島上有平家傳說，就是平家在壇之浦一戰戰敗後，逃到奄美大島。平資盛在加計呂麻島的諸鈍這個地方居停，準備對付源氏的追兵，而平有盛住在名瀨，平行盛則住在龍鄉這裡。名瀨在浦上有有盛神社，而龍鄉的戶口則有行盛神社。」

「平家傳說啊……」

「也有一種說法是，後來龍鄉的平行盛聽說源氏來攻的謠言，精神錯亂自殺了。」

「聽說源氏來攻的謠言而自殺……。來攻的源氏該不會就是為朝吧……」

「這就不知道了，純粹是傳說……」

百合根暗自期待青山會對這個話題產生興趣。

但青山還是老樣子。

懷著洩了氣的心情，百合根前往奄美機場。

在奄美大島只停留了短短的兩天一夜，究竟有沒有收穫，百合根說不上來。然而，看到赤城和青山的態度，又覺得他們似乎掌握了什麼線索。

笠利開小巴送他們到機場後，百合根向他道謝。

「不知道有沒有幫上忙啊？」笠利這麼問。

菊川回答：「現在還沒辦法說得太肯定。不過，這次應該釐清了幾件事。對我們幫助很大。」

聽到這句話，笠利一臉開心。不愧是菊川，很懂得切中穴道。百合根心想，我的道行還太淺了。

從奄美大島到那霸，日本航空旗下的琉球RAC每天有一班飛機。

看到停機坪上的飛機，翠又一臉厭世。

飛往那霸的飛機，是DHC-8-100的雙螺旋槳飛機。是一架小飛機，客座數明顯比路上行駛的公車還少。機艙狹小，就連一般人都感到窘迫。

「我以後絕對不出差……」

好說歹說勸唸唸有辭的翠上了飛機。若是只搭過噴射客機的人，想必會為機體之小巧大為驚訝。

不過和噴射引擎相比，活塞式引擎的聲音，以及螺旋槳飛機起飛時那獨特的溫和觸感，不知為何令人感到安心。

飛機緩緩飛上了南國的穹蒼。

13

飛機總算在翠的恐慌發作之前降落於那霸機場。

那霸機場重新整修之後，百合根還是第一次來。以前是個只有兩層樓高的小機場，雖然又小又舊，卻很有味道。登機門的旁邊就是多家紀念品、土產店。

現在機場全然是現代化的建築了。這樣或許比較乾淨、明亮，也便民，但百合根卻覺得風味盡失。全日本各地的建築都越來越像。

這就是追求效率和經濟的結果吧，是不得不的改變嗎……。

有兩位刑警在機場等候百合根一行人。一位體格矮肥短，名叫金城。另一位雖然也不高，但偏瘦，名叫上原。金城四十五歲左右，上原應該還不到四十。

他們介紹自己來自沖繩縣警本部搜查一課。金城和上原各開了一輛車來，於是百合根等人分乘兩輛車。

金城開的車坐了百合根、菊川、翠、山吹，青山、赤城、黑崎則坐上原的車。

「您們先去了奄美？」金城問坐在前座的菊川。

「是啊。」

「有什麼收穫嗎？」

「我想應該有。」

「好含糊的說法啊。」

「因為是ST的工作……」

金城望著前方道路，點點頭。

「我們對ST也略有耳聞，聽說你們立了不少功。能夠見到本人，真是我的榮幸。」

金城與上原在見到ST眾人時，也出現了非常吃驚的典型反應。但至少，他們知道ST過去的成績，因此對ST成員的外表沒有過度注意。

「要直接前往現場嗎？」金城問：「大約要兩個小時的時間……」

菊川回頭看百合根。

百合根點點頭：「就直接過去吧，時間寶貴。」

車子駛入屬於高速公路的沖繩自動車道，向北而行。

運天港所在的今歸仁，位於本部半島的北端，在沖繩本島中央略偏北，向西突出。

沖繩自動車道貫穿宜野灣市、國頭郡金武町以及基地，進入名護市後，以許田交流道為終點。

沖繩本島沒有算是山的山，聽說因此而總是處於缺水危機之中。但一離開南部的市區，便見到不低的山丘上披覆著蒼鬱的叢林。

下了沖繩自動車道，開在沿海的國道上，穿過名護市。接著，便覺得車子好像開在山裡。但很快便穿過山區，正面出現了海與島。在右邊看得到海岸的狀況下開了一陣子之後，金城停了車。

「這裡就是運天港。」

百合根吃了一驚。他原以為會是一座更大的港，沒想到運天港只不過是個小小船塢。

左方緊臨一座矮山，陡峭的懸崖上有著濃綠茂密的樹林。

右邊也看得到岸，但據金城說，那是島，屋我地島。運天港便在屋我地島與本島之間形成的天然水道上。百合根認為，就海港而言，的確是地理位置絕佳。

港邊有一塊渡輪碼頭招牌。問起渡輪開往哪裡，金城回答：

「伊平屋島和伊是名島，每天各有兩班。」

海水清澈得令人不敢相信是海港。映著島影的海灣是綠色的。

「為朝就是在這裡登陸的吧？」青山問。

「對，」金城回答：「現在，無論哪一份觀光地圖都會標示『為朝登陸點』。那邊也豎了碑喔。」

金城指著樹林茂密的崖頂。

「那個，我在電視上看過了。」青山說：「是不幸喪生的小西小姐報導的。」

金城點點頭。

「沒想到她竟然會在採訪為朝傳說期間喪生……。這和那兩起潛水意外真的有關嗎……」

金城的語氣漸漸變得熟稔起來。

菊川聽到這裡，便說：「沖繩縣警怎麼看？」

「只能說是意外連連，又不可能真的是為朝的詛咒……」

「想請您詳細說說發現屍體當時的狀況……」

「是釣客通報的……喏，那邊，不是有一區鋪了鐵皮，設有扶手嗎。不少人會在那裡釣魚。」

「是早上六點左右發現的吧？」

「對，有些人喜歡晨釣。」

「聽說屍體是浮在海面的……」赤城問道。

聽赤城這麼問，金城點點頭：「發現者一開始不知道是什麼東西。拿釣竿勾過來一看，嚇了一大跳。」

「不知道是以什麼程度浮著的……」

「咦……？」

「就是全身有多少露出水面。」

「哦……」金城點頭說：「幾乎都在水面下。」

赤城點點頭。

若是遭到殺害之後被扔進水裡，由於肺中殘留著空氣，屍體容易浮起。但若是溺斃，由於肺灌滿了水，很難浮起。

隨著身體漸漸腐敗，腹腔充氣，才會容易浮起。然而，若死後僅僅幾個小時，浮力應該不大。

在淡水中，則有可能不會浮起。海水的比重比較接近人體，所以以全身都在水面下的方式浮起，是合理的。而且，與溺斃也沒有矛盾。

「是誰驗的屍？」

「縣警的檢視官，是位資深老手。」

「診斷為何？」

「首先，打撈起來時，口鼻都有泡沫，耳朵也有出血。身上沒有撞傷、割傷、刺傷等任何傷勢，所以判斷為溺死。」

赤城陷入沉思。

換菊川問：「沒有目擊者嗎？」

「死者恐怕是在深夜死亡的。沒有人會在深夜來這座港的。」

「沒有人會來夜釣嗎？」

「沒有。一入夜，這裡就不會有人。鄉下地方的船塢都是這樣的。」

「所謂的目擊者不專指看到現場的，有沒有人看到她離開飯店？」

金城搖搖頭：「雖然是飯店，卻不在鬧區。這裡天一黑，就會變得不見人影。」

「飯店的工作人員呢？」

「工作人員說沒有人發現她離開。」

「監視攝影機呢？」

「沒設。」

「聽起來很不小心啊。」

「因為沒有小心的必要。」

百合根聽到這句話，環視一下四周。真的很悠閒。的確，這裡即使天黑以後可能也沒有小心提防的必要。

凡是來自大都會的人，對這方面的感覺都會有些錯亂。一聽到飯店，就會認為是二十四小時都有客人出入、隨時有工作人員提供服務的地方。

「會不會是刻意避人耳目呢……」山吹看著海說。

「咦……」百合根不禁朝向山吹看。

山吹仍舊看著海，繼續說：「半夜一個人出來……而且也沒有被任何人看見，不是有可能是故意避人耳目嗎。」

「有同行的人在啊……」菊川說。

百合根往記憶的抽屜裡翻找。

「東視的導播嘛，好像是姓楠田……」

「他說他在房裡睡覺。既然小西律子可以不被任何人發現離開飯店，那麼他也辦得到。換句話說，他也沒有不在場證明。」

金城的表情嚴肅起來。

「這是不是意味著不是意外？」

「有那個可能，所以ST才會來。」

百合根覺得菊川這句話很微妙。搞不好，金城和上原會覺得不舒服。沖繩縣警已經判斷是意外了，這就等於是推翻他們的結論。警視廳和沖繩縣警同樣都是地方警察，立場是對等的。警視廳對沖繩縣警的決定有意見，金城他們一定會覺得不是滋味。

「有什麼疑點嗎？」

「這方面，搜查一課的二係正在調查。」

金城的表情更難看了。

「這我倒是沒聽說……所以正在進行懸案調查？」

菊川聳聳肩。

「說來話長……」

「沒關係，說來聽聽。」

「好，回頭再說。」

「現在就說吧。」

果然惹火金城了。百合根捏起一把冷汗。

「就是為朝傳說啊。」青山說。

金城不禁看向青山：「為朝怎麼了？」

菊川解釋：「死去的小西律子的節目，曾發表一些談論，暗指兩起潛水意外和為朝傳說有關……。造成的迴響超乎預期，因此警視廳也不能置之不理。」

「那節目的事我知道，也看過影片了。可是，這也不能保證小西律子的死就是他殺吧？」

「所以，我沒有說是他殺。我說的是，有那個可能。」

「真是不清不楚。」

菊川對這句話產生了反應：「你說什麼？」

百合根深怕兩人會吵起來。

金城說：「有什麼想法就請直說，我對你們此行可是寄予高度期待。」

「什麼意思？」

「我認為這是他殺。但檢視官卻認定是意外死亡，我又怎麼反抗得了。」

菊川說：「所以被派來照顧我們，是你不服檢視官大人的處罰了……」

金城臉色很難看。

「我可不認為是處罰，我一直在等待重新洗牌的機會。」

上原在旁邊也睜大了眼睛直點頭，顯然也有同樣的想法。

菊川對兩人說：「目前情況很不明朗。到底發生了什麼，還看不出整體輪廓。」

百合根鬆了一口氣。

搞半天，原來金城表情那麼嚴肅，是因為心存期待的關係啊……。

赤城問金城：「你認為是他殺有什麼根據？」

「半夜女人獨自待在這個地方，光這樣就很不自然了不是嗎。應該是為了和誰碰面才來的，這樣才合理。」

赤城看青山：「你覺得呢？」

青山一副被盛夏的毒太陽曬得不想說話的樣子。

「小西律子不是被人一叫就會傻傻跑到這種地方的人。」

這句話勾起了百合根的興趣。青山開始做人物側寫了，只不過，側寫的不是凶手，而是死者。

「請詳細說明一下。」

青山顯得非常慵懶。

「每個人都說小西律子對待同事的態度，對於基層的人就不屑一顧，只和大人物來往。在節目裡，她是萬綠叢中一點紅，是女主播，長期以來被人捧上了天。她只和一流人物和富豪來往，一定認為自己是天之驕女，就是女主播裡常見的類型。可是，這只是表面，其實她本人極度不安。對基層的人不屑一顧，就是不安的表徵。有自信的人無論和什麼樣的人來往都不會介意。但對將來感到不安的人會想選擇來往的對象，他們其實不是刻意把人分級，而是不這麼做，就無法滿足自己的野心。」

說到這裡，青山已經忍不住在一個繫纜繩的大鐵樁上無力地坐下來。

「不安……？」百合根忍不住問：「你是說，她對某些事感到不安？」

「對。」青山坐著說：「傲慢的態度是不安的另一面。她藉由採取傲慢的態度，來確認自己的價值。我想她不是有意這麼做的，但她卻無法不這麼做。」

菊川問：「如果真如青山所說，那麼的確不太可能是有人把她半夜叫來這裡……」

「可是，」金城說：「這裡一到夜裡就人影全無，就像你現在看到的，也沒什麼燈，又暗又冷清。她為什麼要一個人跑到這種地方來？」

「為了工作吧？如果如青山所說，她很不安的話，無論如何都會想做出點成績吧。」

「不，應該不是。」百合根說：「她的工作，沒有鏡頭就沒有意義。如果她要追加採訪，一定會把同行的楠田導播叫出來。」

「所以啊，」菊川說：「一定是叫了。」

「怎麼說？」

金城和上原都注視著菊川。不知何時，ST眾人也聚集在坐下來的青山身邊。

菊川說：「小西律子不是一個人跑來這裡的。是把楠田叫出來，兩個人一起來的。」

「換句話說……」金城回道：「他們起了什麼爭執，楠田把小西律子推進海裡……」

「也許他本來就知道小西律子不會游泳。」

「那麼……」百合根說：「楠田導播沒有說實話……」

「有可能。畢竟，在問他話的時候，人肉測謊機沒打開。」

翠聳了聳肩。

「我的確沒有特別留意。可是，如果有變化，我和黑崎先生應該會發現才對。」

「那麼妳是說，楠田導播沒說謊？」

「要再問一次才能確定。」

「對，剛才菊川先生說的，是可能性之一。」

青山懶洋洋地說：「還有兩個可能性。」

菊川問：「還有兩個？」

「對，一個是投海自殺。像小西律子這種野心勃勃的人，無法承受挫折。平常她的舉止任性無比，所以也沒有什麼知心好友。就算心裡有煩惱，也很難找到解決的辦法。」

「這個可能性縣警也考慮過了。」金城說：「但既沒有像樣的遺書，身邊的人也說她沒有什麼不尋常的地方，所以這條線就被否決了。」

「可是，可能性還在。另一個可能，是叫得動她的人把她叫出來的。」

「叫得動她的人……？」菊川說：「這是指與她平等來往的人吧？一流人士或是富豪……」

「是啊。或者，是手中握有她的弱點的人……」

菊川想了想：「沖繩有這樣的人嗎……。你們已經調查過她在沖繩有沒有朋友了吧？」

金城回答：「這條線當然也查過了。只是，最後也沒有詳查。畢竟她人已經死了，沒辦法詢問她本人。」

菊川說：「這也請二係幫忙查一下。不過，我想可能性很低。如果沖繩有人對她懷有殺意，她前來採訪的時候應該不會悶不吭聲。她大可選擇去奄美大島或伊豆諸島採訪啊……」

看樣子，菊川也已經認為這不是意外了。金城、上原，以及菊川，三名刑警都認為是他殺。

百合根不知該如何判斷。然而，如果真是他殺，那麼楠田導播就很有嫌疑了。

百合根問赤城：「你認為不是意外嗎？」

赤城冷冷地說：「我不知道，我的專業是法醫學。」

這種說法，明顯有別於另兩起意外。伊豆大島與奄美大島的兩起潛水人之死，他就坦言沒有意外之外的疑點。

然而，這次卻說不知道。換句話說，沒有斷定是意外。

「青山先生怎麼想？」

「我已經提出了所有可能性了。」

「但沒有判斷是意外還是他殺啊。」

「那不是我份內的工作。」

「我想聽聽你的意見，即使只是印象也好……」

幾名刑警都盯著青山看。青山對此顯得毫不在意。

「印象沒辦法講啊，那又不是我的工作。」

「那麼，你所提示的可能性當中，你覺得最有可能的是哪一個？」

青山想了想：「我覺得都有可能。」

「那麼，不排除是他殺了？」

「不排除。」

幾個刑警互看一眼。

菊川對百合根說：「一來到現場，就會有感覺。這種經驗我太多了。就是會感覺得到，這很有可能是他殺……」

山吹說：「的確，在這平坦的碼頭上，實在很難失足落海啊……」

「到小西律子和楠田導播投宿的渡假飯店去看看吧。」

一聽到菊川這麼說，青山立刻如獲大赦般站起來。

14

飯店比百合根預期的體面多了。那是一家蓋在今歸仁村海邊的渡假飯店，餐廳等設施一應俱全。

最棒的是飯店正面的海岸。純白的沙灘筆直延伸，彷彿一望無際。這片沙灘叫作「Uppama beach」。

「原來如此，住這裡的話，小西律子應該也不會抱怨了吧……」菊川在大廳喃喃地說。

看來，小西律子是個什麼樣的人，在他心中已經成形了。百合根心中暗想，這都是青山的功勞。

金城問菊川：「要問問工作人員嗎？」

「要的。」

金城與上原很快便安排好了。飯店經理來了，和金城說了不少話。

他們被帶到辦公室，在那裡與相關人員談話。

當晚值班的櫃台和客房人員都一一被請來。菊川發問，但結果與金城所說相同。

與工作人員談過之後，菊川問翠：「裡面沒有人說謊吧？為了萬全起見問你們一下。」

翠以視線與黑崎取得共識後，回答：「至少沒有那個徵兆。」

菊川點點頭。

「不愧是渡假飯店，好開闊啊。」百合根說：「不但有露天游泳池，也有餐廳和酒吧，還能到海邊。無論什麼人在何時進出，都完全不會引人注目。」

「可是啊，警部大人，所謂的飯店工作人員，就是隨時都會注意客人的動向啊。只要有人在半夜出去，我想一定會有人看到才對……」

金城點點頭：「我也是這麼想。但是，實際上就是沒有目擊者。」

「也可以從緊急出口出去吧。」

「這個我也想過了。但他們說緊急出口一開，辦公室的警鈴就會響。而警鈴沒響。」

「不會故障了吧？」

「這一點也確認過了。」

菊川陷入沉思。

青山說：「認定她是半夜才出去的，是先入之見喔。」

幾位刑警一楞，看向青山。青山繼續說：

「她可能是更早就出去了。如果是常有人出入的時間，誰也不會在意。如果這裡用的是卡片鎖，也不用每次出去都寄放櫃台吧？」

菊川說：「這倒是沒錯。這裡是卡片鎖嗎？」

金城回答：「對，這裡採用的的確就是拋棄式的卡片鎖。所以，屍體身上有卡片鎖，每個人都不認為這有問題。不如說，大家都認為身上有卡片鎖才正常……」

「屍體被發現時，身上有房間的卡片鎖？」

「放在錢包裡。」

「那她有帶錢包囉？」青山問金城。

「有啊，放在衣服的口袋裡。所以才馬上得知身分的。」

「那麼，就幾乎沒有自殺的可能了……。至少她離開房間的時候，沒有自殺的打算。」

菊川點點頭。百合根也同意。考慮自殺而訂了飯店的人，通常在出去的時候會把東西全都留在房間裡。

「青山說的沒錯。」菊川說：「她不見得一定是在半夜出去的。」

「對。」青山點點頭：「也有可能是一回飯店就馬上出去了。」

「可能是我們的問法不好。我們問的是：『有沒有人看到她當天半夜出去？』如果她在更早的時段外出，被問到的人當然會回答沒有。」金城說：「最好是重新詢問一次。我們分頭進行吧。」

於是請飯店經理幫忙，請有空的員工依序進來，由三名刑警和百合根四人詢問。

一小時之後，有結果了。

一個門房說，曾看到疑似的人物出去。

三位刑警詢問那位工作人員。

首先是金城：「那是幾點左右？」

「幾點啊……，我想是晚上八點左右。」

「你記得她的服裝嗎？」

「白色牛仔褲，上身套了一件一樣是白色的夾克。戴著很像棒球帽的那種帽子，還戴著太陽眼鏡，不過我想那是小西律子小姐沒錯。」

「你認得她？」

「因為偶爾會在電視上看到她。在《兩點看世界》之前，她還是電視台女主播的時候，我還滿喜歡她的……」

金城對菊川說：「與發現時的服裝一致。」

菊川問工作人員：「小西小姐出去的時候，是一個人嗎？」

「是的，是一個人。」

「她那時候的樣子，你有沒有特別注意到什麼？」

「很普通啊……。我那時候想，喔，她大概要去散步吧。」

「晚上八點去散步？」

「這裡是渡假勝地，八點出去散步並不稀奇。」

結果，並沒有問到更多消息。然而，光是掌握了她死前的行蹤，就算有收穫了。

道了謝讓工作人員離開之後，菊川對金城說：「你覺得從這裡到運天港她是怎麼去的？」

「雖然走也是走得到，不過我想不熟悉本地的人不會用走的……」

「那麼是計程車了？」

金城搖搖頭。

「計程車我們問過了，沒有司機載到像她的人。這是個小地方，計程車數量也很有限，所以是不會錯的。」

「那就是有人準備了車在某處等她了……」

「楠田說他們租了車，會不會是開那輛車？」

「租來的車鑰匙應該是在楠田那裡……」

「這有必要確認，也有可能是和楠田一起開租來的車去運天港的。」

百合根覺得這個可能性相當大。

「換句話說，他們是不想被看到兩人一起離開飯店，所以楠田先出去在車上等她，是這樣嗎？」

「很有可能……」菊川說：「說到這，據『柏德事務所』的瀨戶村說，本來提議採訪分三組進行、讓小西律子到運天港的，都是楠田嘛……」

「是啊。」

「我來聯絡二係，請他們調查楠田和小西律子之間私下有沒有可疑之處。」

菊川到房間一角取出手機，看樣子是與電話另一頭的人討論一些細項。

百合根觀察了一下ST成員的狀況。

赤城似乎認為自己的任務已經結束，完全是事不關己的神情。

青山的表情看來也沒有在想什麼。

翠一副無聊的樣子。黑崎則是一如往常，看不出他在想什麼。簡直就像在冥想。

山吹則是老樣子，總是悠然自適。無論事情如何發展，他永遠都不慌不忙，從容淡定。

菊川回來告知百合根：「二係的人去過伊豆大島了，那邊現在有了點奇妙的變化。」

「奇妙的變化……？」

「兩個喪生的潛水人的關係確定了。」

「有關係嗎？」

「他們兩個認識，曾經與另一人三個人結伴去伊豆大島潛水。」

「『幸運草潛水』的柏葉先生是記得在奄美身亡的槙先生，但他說他不認識在伊豆大島喪生的瓜生先生，沒錯吧？」

「好像是給他看了照片之後，回想起來了。大約十年前，槙去柏葉的店參加過他們的潛水。其實那時候，瓜生也跟他一起。槙、瓜生和另一個人，三人同行。」

「那第三個人呢？」

「二係正在找人，應該很快就能訪談了。」

百合根看向青山，他認為這番話應該可以勾起他的興趣。在為朝傳說的土地上相繼死亡的潛水人，其實彼此相識。而且還有第三個人將這兩人連繫起來。

然而，青山卻完全不為所動。還是一樣，呆楞著不知在想什麼。

百合根有點煩躁起來，便對青山說：「剛才的話，你聽到了？」

「聽到了啊。」

「你有什麼看法？」

「啊——，沒什麼看法啊……」

百合根感到不解。青山本來對為朝傳說很感興趣，難道不是因為認為跟這次的事有關嗎？

若是這樣的話，菊川剛剛這番話應該非常耐人尋味。百合根完全無法理解青山的頭腦是怎麼建構的。

金城對菊川說：「我們想再去打聽一下，看飯店周邊有沒有人看到什麼。也許可以請這邊的同仁幫忙。」

百合根問了一件他一直很在意的事：「請問……檢視官不是判定為意外死亡了嗎？現在當作他殺來調查，可以嗎？」

金城回答：「沒什麼可不可以的……。既然有他殺的可能，不是就應該要調查嗎。」

金城正在做的事，理所當然。然而，在警察這個組織裡，理所當然的事變成不理所當然的情況所在多有。

很多人更在意的是上下關係和明哲保身，百合根也是擔心這一點。然而，金城很清楚什麼才是最重要的。

百合根為自己問了一個白目問題而感到慚愧。

「既然都來了，就在這裡過夜吧。」金城說：「本來以為只是形式上的調查，所以訂了那霸那邊的飯店，不過那邊的就取消吧。」

「哇啊！」青山說：「那，我可以去房間休息了喔。」

那天直到傍晚，他們都分頭忙著查訪消息。以成立專案小組時的要領，讓熟悉當地的人分頭行動。金城與菊川一組，上原與百合根一組。同時，當地的警署又應金城的要求，派了兩位調查員來協助。

看樣子，金城和菊川很合得來。大概是因為同為經驗豐富的老刑警，彼此之間有共鳴吧。

而上原和百合根年齡相近，百合根也覺得比較輕鬆。上原對他很親切，百合根刻意不提階級。

「這附近，沖繩海洋博覽會的時候還挺熱鬧的喔。美麗海水族館也很熱門……」上原邊開車邊說：「到頭來，沖繩還是只能靠觀光。可是，人們喜新厭舊，電視、報紙都說景氣好轉，但沖繩的狀況還是很差。」

「我想也是。」

「老實說，《兩點看世界》那麼做啊，很多沖繩的觀光相關人士都暗自竊喜。哎，當然，因為死了人，高興的確是很不應該……。但這下運天港的為朝傳說就會傳遍全國了……」

「不，我明白這種心情。」

渡假飯店周邊真的什麼都沒有。運天港周邊也好，今歸仁城一帶也好，好歹都有些聚落，但稀落得讓人不知從哪裡開始著手查訪才好。

上原俐落地在加油站和沿路的商店前停車訪查。談話內容百合根幾乎都聽不懂，因為都夾雜著沖繩方言。

這令他深深體悟當地的訪查應該由當地人出馬。用當地的方言開口與用標準日語開口訪問，給人的印象截然不同。東京的人問東問西，只會加重對方的戒心。

曾經到沖繩觀光的人都會說「這裡的人個個友善」，毫無例外。沖繩的確是個步調悠閒的好地方，然而，觀光與工作是兩回事。百合根曾經聽說過，沖繩人不會輕易對外地人敞開心房。

他們一直訪查到晚間七點多，完全沒有得到疑似小西律子或楠田的人物相關情報。

只能指望菊川他們那兩組人馬了。百合根懷著這樣的想法回到飯店，但他們也徒勞無功。

當地警署兩位增員調查員就此告辭。其中一人說：「我們署也很關心這件事，若有任何進展，請通知我們。」

金城回答：「一定。今天多虧你們幫忙了，逮伊幾，泥肥逮比魯。」

兩人走了之後，菊川問：「你最後說了什麼？」

「啊……？喔，我說謝謝。」

ST這些人在做什麼呢？

也許在房間裡享福。如果是這樣，在幾位賣命工作的刑警面前，實在說不過去。百合根這麼想。

「吃晚飯吧。」菊川說：「我們不是來觀光的，在飯店的餐廳吃吃就好，好嗎？」

百合根回答：「當然好。」

「去叫ST他們吧。他們在房間裡吧？」

百合根從大廳打電話。先打到赤城的房間，但他好像不在。接著打到其他成員房間，都沒有人接。

該不會出去觀光了。

百合根邊猜想邊回到菊川他們那群人時，看到赤城他們了。五個人全員到齊，他們剛從咖啡廳出來。

「有什麼收穫嗎？」山吹問百合根他們。

「沒有，很遺憾……」

「我們倒是過得很有意義。」

菊川皺起眉頭問山吹：「什麼有意義？」

「我們五個人，分析目前為止的整個脈絡。把收集到的資料加以重組、整理……」

百合根大吃一驚。

他一心以為，他們認為自己的任務已經完成，就各自打發時間。但，原來不是這樣。

百合根並不是不相信ST。而是，他知道自己還不是真正了解他們，因而深自反省。

「很有意思嘛。」菊川說：「說來聽聽。」

「現在還不到可以說明的階段。」青山回答：「還少了幾個要素。」

「沒關係，還是說來聽聽。」

「我肚子好餓。」

「邊吃飯邊說就好，到餐廳去吧。」

一行人準備前往餐廳。但青山說他發現一家賣鄉土料理的居酒屋，想去那裡。

「都可以啦。」

菊川皺起眉頭。便決定去那裡了。

點菜就交給金城和上原。最近，東京也多了很多沖繩餐廳，算是相當普遍，但本土的人對沖繩料理的認識還是很淺。

他們點了炒米米嘎、海葡萄、生希甲肉來下酒。米米嘎是豬耳朵，海葡萄則是長得像一串縮小的葡萄的海藻，希甲則是山羊。

帶皮滷三層肉、苦瓜強普魯、麩強普魯、空心菜伊利起……。

各種菜色擺上了桌面，從本土也很熟悉的菜色，到沒看過也沒聽過的都有。金城告訴他們，基本上強普魯指的是各種東西混著炒的炒菜，而伊利起則是單炒一樣東西的炒菜。

大家邊喝Orion啤酒邊吃菜。ST全員都能喝。青山好像並不討厭喝酒，翠也喜歡喝，酒量只怕比百合根還好。

「那麼，說說你們分析的成果吧。」菊川說。

「我們只是把目前發生的事整理一下而已。首先，伊豆大島發生了潛水意外。然後，第二天奄美大島發生了潛水意外。前去採訪的電視台女主播死了。發生的事情就只有這些。」

「這我知道。」

「明明知道，卻被蒙蔽了。」

「被蒙蔽了？」

「對。首先，你們被『為朝傳說』蒙蔽了。產生了一連串的事情與『為朝傳說』有關的錯覺。」

「沒人產生那種錯覺，我們只是在調查三位死者的死因而已。」

「話是這麼說，可是『為朝傳說』應該都在你們腦袋裡的某個地方吧。為什麼呢？因為我們之所以會被派出來調查，就是『為朝傳說』害的。」

的確，就是因為《兩點看世界》把兩起潛水意外和「為朝傳說」混在一起播出，在社會大眾之間引起了話題。由於無法忽視這個現象，警視廳才會出動ST的。

如果是非自然死亡的案子，應該是由搜查一課出馬而不是ST。本來，去過伊豆諸島之後ST應該可以就此打住的。伊豆諸島屬於東京都，是警視廳的轄區。

然而，科學搜查研究所的櫻庭所長卻莫名起勁，ST這才要到奄美大島和沖繩出差。

百合根說：「可是，顯然所有的事件都以某種形式和『為朝傳說』有關，不是嗎。」

於是青山說了：「那是有人故意扯上關係的。」

菊川說：「故意扯上關係？」

「對。用意何在我們不知道，可是，是《兩點看世界》裡的人。」

「導播加島說，提起『為朝傳說』的是中田主任製作人。也就是說，把潛水人的死和『為朝傳說』連結起來的，是中田主任製作人。」

「但他本人否認……。不過，無論如何，這麼做或許是為了節目。就結果而言，的確造成了話題，讓《兩點看世界》受到矚目。」

「他們是八卦節目。製造話題是他們的工作，沒有什麼好奇怪的。」

「對，也許只是想製造話題，又或者也可能別有意圖，但無論如何，都是牽強附會。這一點大家應該都很清楚。」

「沒錯。」

「可是，搜查一課的二係卻展開調查……這下就開始混亂了。一查之下，原來死於伊豆大島的潛水人和死於奄美大島的潛水人彼此認識。警方討厭巧合這個詞，所以，就開始懷疑其中有沒有什麼他殺的嫌疑。」

菊川取出手冊看著筆記開始說明：

「死於伊豆大島的瓜生和巳和死於奄美大島的槙英則互相認識，本來是潛水同好。而十年前，他們三人在伊豆大島的『幸運草潛水』這家潛水店的導遊之下去潛水。當時的第三個人名叫里見裕太。據『幸運草潛水』的老闆柏葉清說，這個里見裕太向瓜生和巳與槙英則大談為朝傳說。」

「這麼一來，身為刑警就更想追查了。」金城說。

「二係在查。」青山大口灌了啤酒杯裡的Orion啤酒，然後說：「可是，那沒什麼意義。」

菊川臉一沉：「沒有意義，什麼意思？」

喝了酒，大家嗓門多少變大了些。

「二係在查瓜生和巳、槙英則和……呃，另一個是誰？」

「里見裕太。」

「只能證明這三個人是朋友而已。」

「但是，這三個人當中有兩個人相繼死亡，而且，是在有為朝傳說的地方。還有，最早告訴那兩人為朝傳說的，就是里見裕太。」

「看吧……」青山指著菊川的臉。他的臉很紅，看來醉意相當濃了：「這樣就是被為朝傳說蒙蔽了。」

「可是，這是事實不是嗎。」

「事實是，有兩名潛水人意外死亡，如此而已。聽好了，兩個人是意外死亡。這個赤城先生已經確認過了。」

赤城淡定地吃了菜，喝了啤酒。

百合根問赤城：「這點沒錯吧？」

「我就是為了這個一起來的。兩名潛水人之死是意外，毫無疑問。」

菊川說：「不可能是佈置成意外的謀殺嗎？」

「也沒有這個疑問。」

青山問菊川：「誰要殺那兩人？」

「里見裕太。」

「那是不可能的。」青山說：「瓜生和已在伊豆大島死掉的第二天，槙英則就死了。」

「殺了瓜生和巳之後馬上回東京。從伊豆大島回東京的方法很多，第二天再搭機到奄美……」

說到這裡，菊川似乎察覺到什麼。

青山說：「對，要到奄美大島，最快的是羽田起飛的飛機。可是，一天只有一班，就是我們搭的那班飛機。八點四十分出發，十點五十分抵達。就算下飛機之後直接趕到加計呂麻，到的時候也中午了。那時候槙英則已經死了。」

青山說的一點也沒錯。槙英則的屍體是在上午被發現的，推定死亡時間是十點左右。

「那麼，兩人在與為朝傳說有淵源的地方相繼死亡，是巧合嗎？」

「沒錯，他們的死是巧合。可是，死在與為朝傳說有淵源的地方，恐怕就不是巧合了。關於這一點，我想是可以解釋的。」

「那就解釋一下。」

「有些地方還要確認，得和里見裕太跟『幸運草潛水』的柏葉先生談談才知道……」

「少賣關子了……」

菊川皺著眉頭喝了啤酒。

百合根在腦子裡整理青山這番話。

「你是說，兩名潛水人死亡，純粹是意外。而《兩點看世界》的人把這兩起意外和為朝傳說結合起來報導，是為了製造話題……」

青山點點頭。

「對啊，可是問題發生在下一個階段。工作人員出發去採訪了，而採訪便成為殺人的機會。」

「殺人……」金城的身子往前探：「你剛剛說殺人對不對？」

「對。考慮所有的可能性，以刪除法來刪除，剩下的可能性就是殺人。首先，自殺這條線沒了。接著，看過現場，意外死亡的線也沒了。這是大家一起討論出來的嘛，小西律子不可能一個人半夜跑到運天港。這麼一來，在那裡的時候就一定是跟什麼人在一起。」

「綜合目前為止的內容……」百合根說：「殺害小西律子的就是《兩點看世界》的人了。果然是楠田導播嗎？」

「這就不知道了。」青山說：「是有那個可能就是了，畢竟他是同行的人。而且，不在場證明又不明確。採訪分組的時候，說小西律子應該去沖繩的又是楠田導播……」

青山打了一個呵欠。

菊川說：「這些二係現在應該正在查。」

「最好把《兩點看世界》的人和小西律子的關係都查一查，不要只查楠田導播。」

又打了一個呵欠。

菊川點頭說：「我會請他們這麼做的。」

「抱歉，我睏得要命。我可以回房間了嗎？」

「喂，話還沒說完。」

「目前這個階段，已經沒有別的好說了。我先走了……」

青山真的離席了。看樣子，他酒量不怎麼好。

「喂，慢著。這頓是各付各的……」

聽到菊川在背後這麼說，青山頭也不回地說：

「先幫我墊一下，我再給你們……」

金城和上原則是一臉興奮。因為事情漸漸明朗，證明相對於檢視官的判斷，自己的想法才是正確的。

百合根很在意青山離席前說的一句話。他說，不止要查楠田，所有《兩點看世界》的人和小西律子的關係都要查。

「難不成……」百合根說：「青山先生已經知道凶手是誰了？」

菊川看著百合根：「你說什麼……。那他直接說出來不就好了嗎。」

「因為還只是推論啊。」山吹委婉地說：「可能還需要最關鍵的一步吧，也就是動機。」

百合根點點頭：「所以才說要查《兩點看世界》所有人啊。」

「啊啊！真是急死人了……」菊川說：「我真想親自去偵訊那些人。」

「不要急。」翠說。

她喝了不少，卻絲毫不顯醉意：「要分工合作。我們做了我們的工作，其他的交給二係的刑警先生們就好了。」

菊川往翠看。眼神開始發直。

「那可不行，一定要由我們來收尾……」

百合根雖然什麼都沒說，但其實當時也正這麼想。

15

翌日早晨，金城和上原到那霸機場來送機。正要告別時，一個身穿西裝的陌生中年男子跑過來。他有張圓臉，微胖，個子不高。

金城說：「是縣警搜查一課的與那霸課長。」

菊川將背脊挺直了幾分。

「金城跟我報告過了。」與那霸課長說：「聽說是他殺？到底是怎麼回事？」

與那霸課長看著菊川說話。多半是因為警視廳的人當中以菊川最為年長，而且樣貌一看就是刑警。

菊川說：「這件事警部大人會說明。」

與那霸吃了一驚，環顧眾人。

百合根說：「我是ST班長百合根。」

「警部……？」驚訝得出聲的是上原。

百合根對與那霸課長說：「結果推翻了貴署的判斷，真是不好意思。」

「快說明一下整個原委。」

「沒有時間了，詳情請問金城先生。」

「這是沖繩縣警的案子。若是他殺，就必須重新調查。」

「這我們知道。我們純粹是支援沖繩縣警而已。」

與那霸課長顯然鬆了一口氣。

這也難怪。案子發生在沖繩，就算被害人和嫌犯都住東京，但辦案是採現場主義。案子發生在哪裡，便算是該轄區警署的案子。

「喂，」與那霸課長對金城和上原說：「你們直接一起去東京，並且隨時向我報告。」

金城說：「可以嗎？」

「既然是命案，就能動用經費。你們儘管去，再回報我詳情。」

上原跑到櫃台去安排機票。金城一背對與那霸課長，便偷偷對菊川笑。

永島不動聲色地監視楠田的行動。

他對楠田的懷疑越來越深。

楠田繼續工作，態度跟樣子和小西律子亡故之前沒有兩樣。永島覺得這樣反而可疑，懷疑他是努力佯裝平靜。

《兩點看世界》每天的工作正常運行。元宮沙織第一天固然緊張，但漸漸沉著下來，開始發揮她原有的特色。

正因為她好強，對節目也很積極，就算或多或少遇到挫折，她也不會氣餒。

到奄美採訪時，元宮沙織對小西律子到「柏德事務所」相當排斥。如今又有元宮沙織和瀨戶村在一起的傳聞，永島也想過這或許與小西律子的死有關。

然而，看著元宮沙織，他又認為也許是他猜錯了。要是小西律子真的進了「柏德事務所」，元宮沙織也許會失去很多機會。

她順利地填補了小西律子的空缺。應該要這麼想才對。

在上次一個警視廳的怪團體來了之後幾天，有刑警來訪。兩人一組的刑警來到了「柏德事務所」。

永島認為那是一吐心中懷疑的大好機會。

由中年刑警發問，三十多歲的刑警記錄。

「這些問題您可能被問過很多次，但為了確認，我們還是要向您請教小西律子小姐的相關問題。」

「好的。」

「節目當中，有沒有人和小西小姐特別親近？」

中年刑警的問題很含蓄。

永島說：「這個問題問的是，她有沒有和誰在一起，是嗎？」

「呃，這個嘛，可以這麼說。」

「我完全是聽說的，她好像和東視的中田CP在一起。」

中年刑警的表情沒變，可以感覺到他處變不驚的專業態度。

「原來如此……。這大概是何種程度的傳聞呢？」

「至少，東視的兩位導播都知道。」

「加島先生和楠田先生是吧？」

「是的。」

中年刑警若有所思地點點頭，較年輕的刑警手中的原子筆振筆疾書。

永島鼓起勇氣問：「您會問這種問題，可見小西律子並非死於意外，對吧？換句話說，就是他殺……」

中年刑警投以嚴厲的視線：「不，我們並沒有這麼說。」

「我好歹也算是記者，不會不懂。沖繩縣警雖然宣稱是意外死亡，但後來案情又有新的發展對吧？」

「傷腦筋啊……」中年刑警苦笑：「簡直就像半夜被記者攔截……」

「如果是這樣，那我有話要說。」

「哦，什麼話？」

「其實，我懷疑楠田導播。」

「您所說的懷疑是……？」

「我說話討厭拐彎抹角，所以我就單刀直入地說了。我懷疑楠田導播殺害了小西律子。」

中年刑警的表情不變，但看得出他的嘴唇用力得泛白了。

「您為什麼會這麼想？」

「首先，楠田與小西律子同去沖繩採訪。換句話說，他也在小西律子死亡的現場，也就是沖繩的運天港。第二，當初本來只說要去潛水人發生意外的現場而已，但提出加上御藏島和沖繩運天港的，就是楠田。而且，楠田宣稱最好讓小西律子到運天港採訪。他更以自己對當地有一定的了解為由，自願去沖繩。從這幾項事實就能推想一些可能性。」

兩名刑警靜聽永島的話。永島感覺到心情激昂亢奮。

「而他為什麼要讓小西律子去沖繩呢……。我猜想，楠田多半是想製造和她獨處的機會。他說他對沖繩這個地方有點了解也許是真的。」

「請稍等。」中年刑警說：「楠田先生有什麼理由非殺害小西律子小姐不可？」

「我認為是暗戀。」

「暗戀……？」

「這是我的想像。楠田從以前就對小西律子有好感，然而，她和中田CP在一起。這當然是外遇，所以，他很可能是想要介入……。楠田還沒有對象，所以想在中田CP管不到的地方追求她。但是，小西律子當然不可能把他看在眼裡，也許還說了什麼侮辱人的話。於是，楠田一時激動就殺害了小西律子……」

兩位刑警對看一眼。接著，年輕刑警重新忙著記錄。

中年刑警說：「我們會將您這番話作為參考意見。再向您強調一次，我們尚未斷定這是他殺。所以，您剛才這番話最好不要向別人提起……」

「當然。」永島說：「這種事，我才不會對刑警先生以外的人說。但是，我覺得這是最合理的說法。」

年輕刑警說：「可是，為什麼要帶她到沖繩去呢？要追求的話，哪裡都可以啊，像是東京……」

「您不了解小西律子這個人，她是不會理會現場的導播的。楠田想和她兩個人獨處，在東京肯定沒有機會。這次的採訪，是絕無僅有的機會。」

「原來如此……」中年刑警說：「還有一件事想向您確認……」

「請說。」

「最先提起『為朝傳說』的，是誰呢？」

永島大感意外。因為命案推理而亢奮的心情好像當頭被潑了一盆冷水。

「那個……」他回溯記憶：「是第一次播出『為朝傳說』那一天討論的時候，所以……對了，我記得是加島說的。他說，最早提出來的是中田CP……」

「您確定？」

「對。如果不是中田CP提的，想必瀨戶村也不會拿『為朝傳說』來作文章。」

一確定年輕刑警做完記錄，中年刑警便說：「謝謝您百忙之中抽空配合。」

兩位刑警一走，永島便重新回想一次自己向他們說的話，認為概然性很高。

我是怎麼看楠田的呢？——永島冷靜地想。絕不討厭，甚至認為他是個很好的同事。

這麼做，等於是把楠田出賣給警方嗎？

不，不是的。

永島告訴自己不是這樣的。我只是依照記者的信念和良心行動而已，不必感到內疚。然而一想像楠田遭到警方逮捕、帶走的情狀，便感到萬分消沉。

自從警方帶槙英則與瓜生和巳等人的合照來過之後，柏葉的日子過得浮躁不安。

一想到十年前那次潛水或許和槙英則及瓜生和巳的死有關，便感到難以承受。

當然，柏葉沒有責任，但事情不能這麼看。後來，警方什麼消息都沒透露，電視和報紙也沒有報導。

雖然掛念事情後來如何發展，但又不知道該去問誰。雖也曾想過要不要去問大島署的大久保，但不知為何就是不願這麼做。

柏葉和大久保是透過潛水認識的，他不希望介入大久保的工作。像這種情況，越是親近的人反而顧慮越多。

手上有好幾張警官的名片。帶照片來的警視廳搜查一課那兩位刑警的，以及科學特搜班班長的……。

柏葉看看時間表。牆上的月曆做了註記，也貼了許多標籤。若是哪天能抽身，就請個假，到內地去吧。

也許去了也沒有什麼幫助，但他覺得自己有權得知詳細的說明。等確定能去東京了，到時候再拿著手邊的名片去請求會面吧。

柏葉這麼決定了。

16

百合根度過了一段毫無進展的時間。他一直在等搜查一課二係的報告。

一從沖繩回來，他立刻去向櫻庭所長報告。

「不是連環命案啊？」

櫻庭所長顯得有些遺憾。百合根雖覺得這樣的舉止未免失之輕率，但又不能責怪長官。

「是……」

「不過，沖繩那個是他殺吧？所以是靠ST才揭露事實的。」

「目前還沒有斷定……」

「光是推翻沖繩縣警所做的意外事故判斷就夠了。那，接下來呢？」

「這是沖繩縣警的案子，我想ST的工作已經結束了……」

「怎麼能錯失大好機會呢。凡是能彰顯ST存在的機會，都要好好把握。至少要鎖定凶手吧？」

其實，青山心裡好像已經有譜了。

百合根本來要這麼說的，卻改變主意。要是再激起櫻庭所長的幹勁，會很難做事。

「我們會盡全力。」

「要傾全力去做。」

於是，百合根只好繼續辦案，等候報告。

來自沖繩縣警的兩位刑警到搜查一課去了，不知道能否參與辦案。菊川好像也跟金城他們一起行動。

ST那幾個人則是老樣子。

青山正在把辦公桌弄得更加雜亂，翠戴著防噪耳機。赤城翻閱醫學雜誌，黑崎則是在冥想的樣子。山吹在整理文件。

想和他們說話，卻不知說些什麼才好，於是百合根放棄了。

到了下午，菊川帶著金城和上原來到ST室。

「有沒有什麼發現？」百合根站起來。

「二係從『柏德事務所』的永島那裡聽到了還滿有意思的事。據說小西律子是中田主任製作人的小三。這件事我們去查證了，他們兩個真的在一起，是外遇。」

令人驚訝的是，頭一個有反應的是青山。

「確定沒錯？」

菊川說：「對，錯不了。但接下來才是問題。永島說，他懷疑導播楠田暗戀小西律子。警部大人，你還記得嗎，當初他們本來只準備去伊豆大島和奄美大島採訪的，提出加上御藏島和沖繩分成三組的，就是楠田。而楠田也自告奮勇說要去沖繩。」

百合根不禁朝青山看去。這回青山卻沒有話要說。

菊川繼續說明：「楠田有機會與小西律子兩人獨處。就像我們在沖繩討論過的，楠田沒有明確的不在場證明。永島的說法是這樣的：楠田把小西律子叫到運天港，逼她離開中田和他在一起，但小西律子當然不可能理他。在爭執後，楠田殺害了小西律子……」

百合根問菊川：「搜查一課那邊照這條線走嗎？」

「是啊，再來只要搜集物證，取得本人自白的話……」

「那太奇怪了。」青山說。

菊川、金城、上原三人轉頭看青山。

菊川問：「哪裡怪？」

「楠田導播和小西律子住的飯店我們也住過，所以大家應該都很熟吧。」

「是啊。」

「渡假飯店晚上氣氛超好的啊，要追求佳人當然是在飯店好多了。平常是很難把人帶進飯店，現在卻是把人從飯店帶出去，不是很奇怪嗎。」

從青山嘴裡聽到帶進飯店這種話總覺得怪怪的，不過，他說的一點也沒錯。

菊川似乎也發覺了，卻不肯老實表示同意。

「總之一定得把人從房間裡叫出來，所以找藉口說想繼續採訪什麼的……」

「楠田導播說，他們都累壞了。我想那是真的。我也走了幾乎同樣的行程，結果真的很累……。小西律子這麼累，楠田導播不可能叫得動她的。希望你們能多相信我的分析一點……」

「可是……」

「中田主任製作人和小西律子是外遇關係，你剛說已經查證了嘛。那麼，楠田導播暗戀小西律子也查證了嗎？」

「沒有……」菊川說：「這方面還沒有……」

「中田主任製作人的地位比楠田導播高得多吧？要追求他的小三可是需要很大的勇氣的。如果有這麼大的決心，事前應該會有什麼行動才對，而周圍的人也一定感覺得到。」

「所以永島不是感覺到了嗎？」

「永島先生不是感覺到的，是用想的。那是外行人的推理。」

「那為什麼楠田特地要多加一組人馬到沖繩採訪，把小西律子帶到沖繩去？」

「因為那樣節目的內容才更完整。為什麼你們就是不相信他只是純粹這麼想？」

「所以凶手不是楠田？」

「不是楠田導播。他沒有殺害小西律子的理由，也沒有暗戀的事實。那只不過是永島先生的想像。」

「對。」翠摘下耳機：「我聽楠田導播說話的時候，沒有說謊的徵兆。」

菊川對翠說：「妳那時候不是說人肉測謊機沒啟動嗎？」

「那是指小謊話。殺了人卻想隱瞞這麼大的謊，心理波動一定很大。不用特別注意，我和黑崎先生都會發現的。」

菊川皺起眉頭。

金城問菊川：「人肉測謊機是什麼啊？」

「就是這位結城和黑崎。結城聽覺敏銳，能聽出人類心跳的變化，黑崎則是以嗅覺聞出出汗和腎上腺素分泌。」

「哎喲喂呀——！」

金城一臉難以置信的表情，看看結城，又看看黑崎。

青山對金城說：「還有別的事要做。除了小西律子和楠田導播，《兩點看世界》一定有人去過沖繩，要找出這個人去過的證據。」

「到底是誰……？」

青山隨口就說出了答案。

17

《兩點看世界》播出完畢，眾人正在閒聊的時候，警官來了。一共是五個便服警官。其中一位，是那個叫什麼科學特搜班的那群怪人其中之一。他俊美驚人，記得是名叫青山。

然後，還有姓百合根的科學特搜班的負責人。另外三個好像是刑警，不過其中兩個沒見過。

永島心想，時候終於到了，他看向楠田導播。楠田正好奇地看著那群警官。

其中一名刑警說話了，永島記得他姓菊川。

「請問中田先生在哪裡？我們有點事情想請教……」

刑警身後有人出聲。

「要找我？我在這裡，什麼事？」

「請和我們到警視廳一趟。」

「去做什麼……」

「就小西律子小姐遭到殺害一事，有些事情想請教。」

殺害。這位姓菊川的刑警的確是這麼說。

果然是他殺。

但是，應該是逮捕楠田才對，為什麼找中田CP？

「要講什麼，在這裡講就可以了。」

「方便的話，我們是希望可以在廳裡請教……」

「現在不是逮捕吧？我不願意去。」

菊川說：「那麼，我們到方便說話的地方去吧。」

「要說話這裡就行了。」

「有其他人在，不是很方便……」

永島覺得奇怪。他們不是來逮捕楠田的嗎？那麼，為什麼要找中田CP問話？

中田說：「在這裡的都是相關人士。所有的人都是小西律子的同事，大家都有權知道。」

菊川瞪也似地看了看中田，說：「我們要說的不是那種事。」

於是，那個姓青山的俊美青年說：「有什麼關係，當場把話明白說出來比較快。」

中田CP看著青山。

「要把什麼話明白說出來？」

青山說：「是你，殺了小西律子小姐的吧。」

那一剎那，所有的人都靜止了。在場的有瀨戶村、元宮沙織、楠田、加島，所有相關人員都到齊了。

人人臉上都是無法理解剛才那句話的表情。永島等著看接下來誰會先發言。

「胡說八道……」打破沉默的，是中田：「我人在東京，要怎麼殺在沖繩的小西律子。」

菊川問：「上上週的星期六到星期天，也就是小西律子小姐遇害的那一晚，請問您人在哪裡？」

「在我家，畢竟是難得的週末嘛。」

「有沒有人能幫忙證明呢？」

「沒有……」

菊川點點頭：「尊夫人回娘家了。……應該是說，您找了事情要她回娘家去辦。這我們已經請教過尊夫人了。」

「沒必要證明我的不在場證明。這實在太可笑了，我幹嘛要殺小律。」

青山說：「我想是因為小西律子威脅你。」

「她幹嘛威脅我？」

「因為你要收掉《兩點看世界》……。她不願意讓這個節目結束，因為下一份工作還是未知數。她是不是曾跟你說，要向媒體公開你們的外遇關係？」

聽到中田CP和小西律子外遇，沒有任何人感到吃驚。

「我從來沒跟她說過要收掉《兩點看世界》這種事。」

中田說得斬釘截鐵。

「是我說的。」

這時候，瀨戶村說話了。所有人都朝向他看。

「哎，中田先生，你就不用再裝了。這個節目拖不了多久了，我早就做好心理準備。說什麼要把單純的潛水人意外溺死和『為朝傳說』綁在一起報導，你會提出這種可笑的主意，就是希望被社會大眾恥笑，好順勢收掉節目吧。我懂你的心思，也就跟著照做了。可是沒想到，『為朝傳說』竟造成大迴響……」

永島也被這幾句話嚇到了。他一直以為，瀨戶村因為不想收掉節目而死命硬撐。然而，瀨戶村其實早已接受了一切。

「對，這是中田先生失算了。」青山說：「可是，他卻想到利用這次失算來清算一切。」

中田嗤之以鼻：「我還是不懂，你們為什麼會認為我要殺小律。」

青山不知為何，露出憂鬱的神情。

「小西律子小姐遇害的時間和地點相當特殊，所以容易過濾嫌犯。半夜的運天港——有些人認為這別具意義。換句話說，就是《兩點看世界》的人。因為小西律子小姐死於運天港，與『為朝傳說』相關的死亡便又增加了一起。」

「既然如此，跟她同行的楠田應該比我更有嫌疑才對吧？」

楠田一臉吃驚地說：「我怎麼會……」

青山說：「楠田先生沒有理由對她有殺意。小西律子小姐的態度也許真的很差，但只要不理她就好了。而且，楠田先生是不可能殺害她的，因為，小西律子小姐不可能聽楠田先生的話。」

永島覺得很有道理。被這樣一提醒，的確如此。

這麼一來，自己得意洋洋說給刑警的推理就是錯的了。真丟臉。

中田CP老神在在。

「就算是這樣好了，我還是不明白為什麼懷疑我。」

「因為只有你了。」

中田CP一臉訝異地看著青山。

青山解釋：「殺害小西律子小姐的，一定是《兩點看世界》的人，而且一定是知道小西律子小姐的行程的人。中田先生知道所有外出採訪的工作人員的行程吧？」

「不止我，瀨戶村先生應該也知道。」

「可是，瀨戶村先生有不在場證明。小西律子小姐的屍體被發現的消息，大清早便打電話到瀨戶村先生家裡通知。瀨戶村先生接了那通電話，這一點我們已經證實了。」

「小律是在那通電話的前一天死的吧。」

菊川說：「小西律子小姐遇害的時間是深夜零時許，那個時間並沒有飛機可搭。即使搭早上第一班飛機回東京，瀨戶村先生也不可能在電話打來的那個時刻從沖繩回到家裡。」

青山接著說明：「其他的採訪小組，也就是前往御藏島和伊豆大島的加島先生與野口春男先生，以及前往奄美大島的永島先生和元宮小姐，他們都有確實的不在場證明。瀨戶村先生的不在場證明也是。小西律子小姐身亡當天，能夠自由行動的，就只有你了，難道不是嗎？而且你知道她的採訪行程。」

「你們就因為這樣懷疑我？就只是這樣……」

「在殺害的手法方面，也有懷疑你的理由。知道小西律子不諳水性的，只有瀨戶村先生和你而已，楠田先生並不知道。所以，假如楠田先生是凶手，應該會用別的方法加以殺害。」

「欲加之罪何患無辭，警方就是這樣製造冤罪的。」

「小西律子小姐遇害的地點是鄉下碼頭，一到晚上幾乎不會有人。能夠把她帶到那種地方的，身分應該不低。她對節目裡的導播根本不屑一顧不是嗎？」

「這一切都只是推測。光憑這些，誰也不會服氣。」

於是，一個生面孔的中年刑警說：「敝姓金城，是沖繩縣警。計程車司機已經指認出您了。」

「什麼……？」中田頓時出現不安的表情：「你說什麼？」

「您在星期六傍晚六點左右，在那霸機場上了計程車吧。然後搭那輛計程車前往運天港……。縣警的調查員找到了那位司機……，請他看了您的照片指認了。」

「那也可能是剛好有人跟我很像啊！」

「您平常都擦一種很特別的古龍水吧。ST找出了那種古龍水的品牌，請司機聞了。司機是靠那個味道想起來的。」

「ST？才見過一次面，怎麼可能找得出我用的是什麼古龍水。」

那個姓百合根、一看就知道出身良好的男子說：「可以，我們的人就是有那種能力。」

「可以確定，小西律子遭到殺害的那個晚上，你就在沖繩。」青山說：「你為什麼會在沖繩，已經很明顯了吧。以邏輯而言，能夠殺害小西律子小姐，而且也有必要殺害她的，就只有你了。」

永島太過吃驚，反而茫然。

其他工作人員和來賓也一樣。

菊川說：「請移駕到警視廳詳談。」

「我要找律師，不然我不去。」

「請便。但是，我們無法久等。」

眾警官和中田準備離開。

瀨戶村說：「姑且不論形式，事情似乎是如你所願了。」

中田回頭：「如我所願？」

「少了你，《兩點看世界》恐怕馬上就會叫停。」

「你以為是我想收掉節目？這可是我的節目啊！」

中田惡狠狠地丟下這句話，便轉身走了。

他們一離開，瀨戶村便對工作人員說：「真沒想到，竟然是中田先生……。我本來就覺得他們的關係撐不了多久，卻沒想到會這樣結束。」

楠田說：「但願《兩點看世界》能繼續下去……」

「不用安慰我啦，這是不可能的。現在沒CP了，會換其他CP來利用那個時段。我們現在失業啦。」

「開什麼玩笑！」元宮沙織說：「我好不容易坐上這個位子的……」

「喂，小心妳的嘴巴。」瀨戶村露出嘲諷的笑容：「別人會認為妳為小律的死幸災樂禍喔。」

「隨便他們，我就是想要工作。」

「別擔心。我們不會這樣就完蛋的，我會想新的企畫去自薦的。衛星電視、網路電視……媒體只增不減。況且，我也必須生存。」

永島稍微對瀨戶村另眼相看了。

即使如此，中田CP的事還是個莫大的衝擊。這次打擊的影響肯定會拖很長，然而，我們必須重新站起來。

永島心想。無論是什麼衝擊，時間都會撫平一切。

18

一被帶進偵訊室，中田就氣勢全消，很快便供出一切。這些過程百合根是從菊川那裡得知的。

收掉《兩點看世界》是電視台的方針。中田CP打算近期內結束節目，然而，小西律子卻開始鬧。

她說，要是他打算收掉節目，就要把他們兩人的關係賣給八卦週刊或別台的八卦節目。

一開始他沒當真。然而，他太太說，有人打無聲電話到家裡。他這才相信小西律子是認真的。

而這個，便是殺機的開始。

其實，中田已經應付不了以女王自居的小西律子了。他本來就想跟她分乾淨，但她不肯答應，似乎是想徹底利用中田的地位。

說穿了，動機就是極其常見的情感糾紛。

百合根問青山他怎麼知道中田是凶手的，青山回答：

「因為他說謊啊。」

針對是誰提出「為朝傳說」的這個問題，加島導播明確回答「是中田CP提起的」，中田卻裝蒜說「不知道」。

這麼一來，兩人當中一定有人說謊。而是誰說謊相當明顯。加島有確鑿的不在場證明，因此與小西律子命案無關。

換句話說，他沒有說謊的必要。

這小小的謊言成為開端，構築了青山的推理。

百合根桌上的電話響起，是搜查一課二係的刑警打來的。

「啊——這裡有客人，可以請你們跟他說明一下事情嗎？」

「客人？」

「我叫菊川帶過去……」

電話掛了之後不久，菊川在ST室現身。他帶來的是伊豆大島「幸運草潛水」的柏葉。

「怎麼了嗎？」百合根問柏葉。

「那個……。我一直很擔心那件事，一問刑警先生，原來事情已經都解決了……。我看了報紙和電視，知道小西律子的命案，但里見裕太的事不知道怎麼樣了……」

里見裕太是身亡的槙英則與瓜生和巳的潛友。

百合根對菊川說：「二係也查過他的去處了吧？」

「是啊，里見裕太調職新加坡已兩年左右。他在綜合商社上班，這兩年都沒回日本。」

「那麼，那兩個人不是里見裕太殺的了？」

百合根回答：「槙英則先生與瓜生和巳先生不幸去世，都是意外。兩位相識只是巧合。」

「巧合……？他們死在與『為朝傳說』有淵源的地方也是巧合嗎？」

「哦——關於這一點，就不盡然是巧合了。」青山說。

柏葉轉向青山。百合根和菊川也看著青山。

柏葉問青山：「不盡然是巧合，怎麼說呢？」

「因為留下為朝傳說的地方，現在絕大多數都是潛點或是觀光地區啊。十年前，槙先生和瓜生先生從里見先生那裡聽說了『為朝傳說』。我想，這讓他們產生了興趣，到相關的地點去旅遊，順便潛水。然後，他們各自找到了喜歡的地方。瓜生先生是伊豆大島，槙先生則是奄美大島。」

「我記得，為朝傳說主要是在島嶼和沿海的觀光地區……」

「『為朝傳說』大概是乘黑潮而來的。」

「乘黑潮……？」

「過去，琉球列島的人曾順著黑潮來到伊豆大島這一帶。很多人從琉球列島移居伊豆諸島。所以，沖繩和伊豆大島有一些共通的文化，像是服裝啦，地名啦……」

柏葉點點頭：「的確是有此一說。」

「順著黑潮而移居伊豆大島的人們，懷念黑潮彼方的祖先，便創造了許多傳說。沖繩人的海洋信仰也直接被帶到了伊豆諸島。這就成了對黑潮彼方的憧憬和傳說而流傳下來。『為朝傳說』也是其中之一。所以，黑潮行經的地方都有『為朝傳說』。在關東地方，橫濱上大岡也有此傳說。傳說本身成立的經過，就和『義經傳說』一樣。就是義經沒有死在衣川，而是過海到北海道，最後到了蒙古成為成吉思汗的傳說。」

柏葉一臉愣住的樣子。但似乎對青山的話有所認同，神情漸趨沉著。

「原來如此，黑潮的傳說啊。」

原來青山並不是為了辦案而調查「為朝傳說」，他純粹只是對傳說感興趣而已。

也好。百合根心想，青山好好地達成了自己的任務。

赤城看著雜誌說：「就像頭兒說的，槙英則與瓜生和巳都是意外無誤。固然不幸，但你不必自責。」

柏葉點點頭：「以後我會小心注意，不讓意外發生。」

柏葉回去了，看樣子是鬆了一口氣。

菊川對百合根說：「沖繩的金城向ST道謝。」

「我們只是盡了本分而已。」

「他叫我們下次去沖繩玩，他會幫忙帶路。」

「不錯喔。」

翠摘下耳機，斷然說：「我絕對不去。我再也不要搭飛機了。」

菊川說：「可以搭船啊。」

ST的其他成員也興趣缺缺。

也許他們私下從來沒有一起行動過。然而，百合根認為這樣就好。

雖然私生活互不干涉，但一旦有工作，便會發揮驚人的團隊默契。

這就是ST。

娛樂系 034

ST警視廳科學特搜班：為朝傳說殺人檔案

作者 今野敏
譯者 劉姿君
責任編輯 小調編集
美術設計 POULENC
書衣裡插畫 chocolate
編輯行政 高孋霖

發行人 林依俐
出版 青空文化有限公司
100台北市中正區忠孝西路一段50號22樓之14
讀者服務信箱：service@sky-highpress.com

總經銷 大和書報圖書股份有限公司
電話 02-8990-2588
印刷 前進彩藝有限公司

出版日期 2018年12月 初版一刷
定價 280元
ISBN 978-986-96051-7-5

國家圖書館出版品預行編目（CIP）資料

ST警視廳科學特搜班：為朝傳説殺人檔案 / 今野敏著；
劉姿君譯. -- 初版. -- 臺北市：青空文化, 2018.12
288面； 10.5 x 14.8公分. --（娛樂系；34）
譯自：ST 警視庁科学特捜班 ： 為朝伝説殺人ファイル
ISBN 978-986-96051-7-5(平裝)
861.57 107018225

你喜歡青空文化的出版物嗎？想要掌握青空文化的作品資訊嗎？
請填寫以下資料，讓我們有機會提供給你更好的閱讀體驗，還可參加抽獎喔！

性別：○ 男 ○ 女　婚姻：○ 已婚 ○ 未婚

生日：西元______年______月______日（若不便提供生日，請勾選以下選項）

○12歲以下 ○13～18歲 ○19～25歲 ○26～35歲 ○36～45歲 ○46～60歲 ○61歲以上

E-mail：______________________ 電話或手機：______________

教育程度：○在學中 ○高中職畢 ○大學專科畢 ○碩博士畢 ○其他：______________

◆ 你常買書報雜誌嗎？每個月會花多少錢在買書上呢？

○300元以下 ○300～500元以下 ○501～1000元以下 ○1001元以上 ○很不固定

◆ 出門時若要帶一本書，你會帶哪一本書呢？

○ 我會帶這本書：______________ 因為：______________________

◆ 你有特別喜歡的小說或小說家嗎？或是偏好的小說類型？

○沒有特別喜歡的 ○有的：______________________

◆ 請告訴我們你希望今後青空文化能引進的日本作家或作品吧！

○隨便都可以 ○快點給我：______________________

告訴我們你對書的感想，或是想跟編輯部說的話吧！寫或畫的都沒問題，請自由發揮！

○可公開（如果你同意分享下面自由發揮內容作為發佈在青空文化FB或官網，請打勾）

讀者資料僅作為青空文化出版評估與行銷活動使用，絕不外洩。

膠帶黏貼處

廣	告	回	函
臺灣北區郵政管理局登記證			
第	0 4 8 2 9		號

郵資已付　免貼郵票

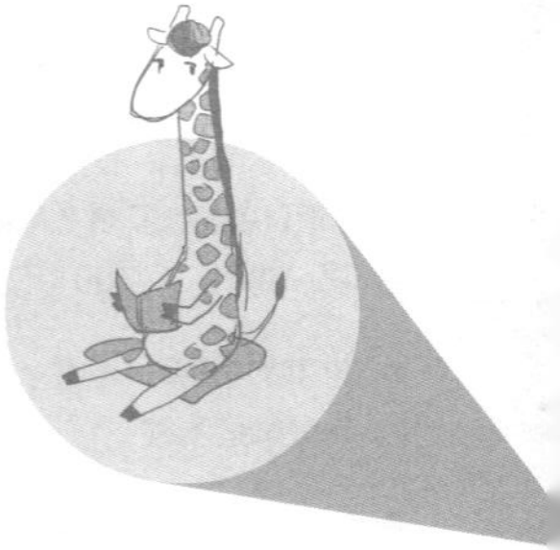

10041
台北市中正區忠孝西路一段50號22樓之14
青空文化有限公司 收

姓名：＿＿＿＿＿＿＿＿　青空之友編號:＿＿＿＿＿

通訊地址：＿＿＿＿＿＿＿＿＿＿＿＿＿＿＿＿

購買書名：＿＿＿＿＿＿＿＿＿＿＿＿＿＿＿＿

Thank you for reading! **請告訴我們你的意見吧！**

1. 你是從哪裡得知這本書呢？（可複選）
○書店　○網路　○Facebook粉絲頁　○親友推薦　○其他：＿＿＿＿＿

2. 你是從何處購買這本書呢？
○博客來網路書店　○讀冊生活TAAZE　○誠品書店　○金石堂書店　○安利美特
○一般書店　○網路書店　○親朋好友贈送　○其他：＿＿＿＿＿

3. 這本書吸引你購買的原因是？（可複選）
○封面設計　○對故事內容感到興趣　○等中文版很久了　○支持青空娛樂系文庫
○喜歡作者　○喜歡譯者　○親朋好友推薦　○贈品　○其他：＿＿＿＿＿

4. 你比較喜歡或討厭這本書裡的哪個角色呢？為什麼？

＿＿＿＿＿＿＿＿＿＿＿＿＿＿＿＿＿＿＿＿

5. 你會推薦這本書給親友看嗎？為什麼？

＿＿＿＿＿＿＿＿＿＿＿＿＿＿＿＿＿＿＿＿

要推的話，會最推哪一點呢？＿＿＿＿＿＿＿＿＿＿